KB054059

나는 이별하는 법을 모르는데
이별하고 있다

김정한 에세이

나는 이별하는 법을 모르는데 이별하고 있다

미래북
miraebook

[PROLOGUE]

무채색으로 암각화된 것들을 내려놓습니다.
바람에 안부를 묻는 꽃잎처럼
바람 타고 흘러가다 힘들 때에는 내 말들에게 기댔습니다.
말더듬의 후유증이 남더라도 그들을 내려놓습니다.
내 고장 난 뻐꾸기 시계는 그때에 멈춰 있습니다.

꽃피우려다 이미 놓친 것들,
차마 묻을 수 없는 것들을 내려놓습니다.
잎을 떨궈 추위를 덮는 은행나무처럼
홀로 오롯이 순간순간의 절망을 온몸으로 넘어서려 했습니다.
詩라고 하기에도 부끄럽고,
산문이라 하기에는 한계가 느껴집니다.

어떤 웃음을 위해 견뎌야 했던
말하지 못한 슬픔, 분노, 아픔, 한숨을
느릿느릿 힘찬 몸짓으로 헤엄쳐 갑니다.
시간의 바깥에서 기웃거리다가 안쪽으로 들어와
치열하게 몸부림치는 생의 단편입니다.
몸에 새겨진 흔적보다 마음에 각인된 것들이 너무 깊지만,
음률의 이파리가 어둡지만 정직하게 내려놓고
다시, 느린 걸음으로 도착해야 할 둥근 집을
더듬더듬 찾아 나섭니다.

CONTENTS

[Prologue] _005

[PART 1]

처음부터 준비된 나의 길은 없었다

—

불현듯 찾아온 너무 좋은 빨간 날 _015

환하게 터진 봄 _018

완벽한 아침, 환희의 이 순간에 나는 _020

나, 봄에게 누락되지 않았다 _022

세상의 모든 것들에게 향연을 허락한다 _024

서서히 명료하게 나로 표백되고 있다 _026

여러 갈래의 길이 있었다 _030

처음부터 준비된 나의 길은 없었다 _032

모든 것은 떠나간다 _035

겨울 속의 겨울은 더 깊어가고 _037

인내라는 걸 해야 할 때, 책이 내어준 향기는 길이 된다 _039

아릿하다 _041
밤새 닫힌 것들이 서서히 열리고 _043
사무치도록 시가 아프다 _046
멋진 에필로그를 향하여 _048
낙엽, 자신을 버린다 _051
가을이 진다 _053
살다가 지칠 때면 매끈한 수피를 매만지며 _055
최후의 보루는 기도 _058
괜찮지 않으면서 괜찮다고 말하는 게 아니라,
괜찮기에 괜찮다고 말하는 거다 _060

[PART 2]

살아있음을, 살아감을, 살아냄을 감사한다

어느 날 내 마음이 나를 불렀다 _067
모질게 견딘 그리움은 처형되지 않았다 _070
엄마 생일 _073
어쩌다가 높은 곳에 별을 걸어두었니 _074
살아있음을, 살아감을, 살아냄을 감사한다 _076
계획서를, 반성문을 써내려가겠지 _078
그대들 덕분에 나 참 멋지게 살았어 _080
나는 이별하는 법을 모르는데 이별하고 있다 _082
간격의 미 _084
나무는 처음으로 돌아갔다 _086
혼자 가는 길 _088

누구나 고독한 존재 _090
소름 끼치도록 아름다운 날들은 몰락할 것이다 _092
저 하늘의 붉은 달이 웃고 있는 것처럼 _094
가난이 울던 날 _096
가장의 생生 _98
깎이고 깎이면서 동그란 내면을 움켜쥔 몽돌 _100

[PART 3]

울고 있는 내 인생

—

살기 위하여, 살아질 때까지, 사라질 날을 걸을 것이다 _105
헐렁해진 응어리를 깨물며 찬찬히 해가 뜨고 _108
살기 위해서 _110
6번째 이사를 하며 _112
언제 툭, 끊어질지 모르는 시간의 다리를 건너며 _116
울고 있는 내 인생 _120
내 마음의 답 _122
내 하루는 소리 없이 죽어 가는데
그의 하루는 요란하게 산란하다 _124
붉게 터지는 눈물샘, 부서져 내리는 나의 흰 뼈 _127
하나를 버리기 위해 모든 것을 포기했던 날들 _129
괜찮다고 했지만 나는 괜찮지 않았다 _131
생각들이 느린 걸음으로 행진한다 _134
보리처럼 살 것이다 _137
너는 어디에나 있고 어디에도 없다 _139

[PART 4]

이토록 아름다운 세상에 당신을

그렇게 사랑이 왔다 _145
시간 위에서 시간 밑을 들여다보며 너를 추억한다 _146
당신을 내 옆자리에 남겨두고 _147
기다리는 둔산역 _148
나는 기다릴 것이고, 기다림은 너를 기다릴 것이다 _150
사랑, 교과서적인 논리로 극복할 수 없다 _153
동해에 서니 유독 그분이 그립다 _156
괜찮은 사람 하나 있었다 _159
아! 이 애증의 강을 어찌 건널까 _161
우리 엄마 _163
홀로 울고 싶거든 _168
추락하는 것을 사랑했다 _170
이토록 아름다운 세상에 당신을 _172
그리운 당신에게 _174
감사한 날 _178

[PART 5]

당신을 사랑한 다음 페이지

—

당신을 사랑한 다음 페이지 _183

부치지 못한 편지 _184

당신도 자유롭기를 바랍니다 _186

아니, 반드시 당신이어야 합니다 _188

지금, 당신은 견딜만합니까 _190

당신도 그러하기를 바랍니다 _193

당신도 강해지기를 바랍니다 _194

오늘은 하루 종일 맑음입니다 _195

당신은 에둘러 먼 길로 나섰습니다 _198

온통 그리움의 붉은 하늘입니다 _199

내 마음 거두어 갑니다 _200

그런 사람 하나 있으면 좋겠습니다 _202

아버지 생신날에 _204

오늘을 사랑하자 _206

별일 없는 내 하루에도 한 번쯤 별일이 생겼으면 _208

다시 한 걸음 _211

이대로 두시라 _213

[PART 6]

산다는 것은 기다림과의 여행

나는 너를 부르는데 너는 나를 부르고 있는 걸까 _219

나는 늘 그랬다 _222

나를 비켜 간 사람 _224

산다는 것은 기다림과 여행하는 것이다 _226

낮은 곳으로 _229

아무것도 아닌 날은 없었다 _230

홀로 선 나무 _233

11월, 낮아지면서 서서히 사라져가는 _234

천 번을 울어가며 부딪치다 _236

사분사분 봄별이 내리는 날에는 _239

경포대 바닷가에서 1 _242

경포대 바닷가에서 2 _244

경포대 바닷가에서 3 _246

혼자라서 혼자여서 혼자이기에 _250

부칠 수 없는 편지 _251

잊으려 하니 꽃이 피더이다 _252

[Epilogue] _254

생의 모든 것은 불현듯이었다.
사랑이 찾아오는 것도, 사랑이 떠나가는 것도.

[PART 1]

처음부터 준비된 나의 길은 없었다

불현듯 찾아온 너무 좋은 빨간 날

생의 모든 것은 느닷없이 불현듯이었다. 사랑이 찾아오는 것도, 사랑이 떠나가는 것도, 다리가 끊어지는 것도, 억수같이 쏟아지는 비가 그치는 것도, 막무가내로 쓸쓸했던 마음에 웃음이 차오르는 것도 모두 불현듯이었다. 그 불현듯이 웃음을 불러내고, 눈물을 불러낸다. 어젯밤 9시 뉴스에 견고한 콘크리트 벽을 두드리며 '한 번만 도와달라'는 외마디 비명을 남기고 떠난 가장의 최후도 눈에 아른거린다. 성실하게 간절함으로 살아도 안 되는 일이 분명 있다. 헛헛하고 침울하다.

새벽 2시, 댕그랑 댕그랑 울리는 내 마음의 소리를 들으며 컴퓨터 앞에 앉았다. 노랑나비가 노래를 부르는 따듯한 봄날 속으로 들어가기 위해 방 안을 떠도는 어휘들을 다시 불러

모았다. 심장을 쏘는 강력한 단 한 줄의 문장을 거둬들이기 위해 그렇게 컴퓨터에 갇힌 각각의 이름을 부르면서 밤을 새운다. 다시 아침, 거칠게 비를 쏟아냈던 어제는 떠나고, 눈부신 햇살이 창문 앞에 소풍 와 있다. 어쩌면 밤새도록 작업하던 나를 위로하듯, 스스로 깨어나기를 기다리고 있었는지도 모른다. 소풍 가는 마음으로 일어나 눈부신 햇살을 따라 걸었다. 어제까지 지치고 쓸쓸해서, 조금은 불행했던 생각 주머니가 이사간 듯 쑤시고 흔들리던 두통도 사라졌다.

아침 10시, 며칠을 숨죽여 기다리던 전화가 왔다. "함께 작업하고 싶다"고. 막무가내로 침울했던, 절망스러운 날들에 대한 반전이 찾아왔다. 정말 불현듯, 갑자기였다. 목소리까지 춤추듯 사정없이 기뻤다. 차오르는 넉넉함, 충만함, 밀려드는 행복감을 느꼈다. 단단히 신념으로 길어 올린 내 시가 이렇게 하나의 천국의 문을 열었다. 달래듯 '나를 울렸다, 웃겼다' 하며 '나를 들었다, 놨다' 하는 불현듯 찾아드는 것들을 껴안으니, 곤궁의 질곡 속에서도 간간이 기쁘다. 어쨌든 몇 개월의 식량을 선물 받았다. 햇살이 눈부신 이 아침, 쓰디쓴 블랙커피가 달달하게 혀끝을 맴돈다. 너무 좋은 빨간 날, 오랜만에 최고의 하얀 웃음이 쏟아져 나왔다. 불현듯 찾아온 오늘, 나는 풍요롭다.

오늘같이 좋은 빨간 날, 하늘을 맘껏 날며 오롯이 나의 노래를 부를 것이다.

환하게 터진 봄

오전 11시, 빨래를 너는데 햇살이 두 뺨을 애무한다. "봄이야"라는 말을 전하려고 수백 광년을 달려온 빛다발이 비처럼 쏟아진다. 살아있는 모든 것에 말을 걸며 첫인사한다. 연둣빛으로 분홍빛으로 답하는 꽃과 나무들이 설렘으로 가득 차 서로 통하고 있다. 들판에는 물오른 풀꽃 각시, 한껏 부풀어 숨가쁘게 몸을 푼다. 저만치 물러나면 먼 곳까지 쫓아와 무덤덤한 심장까지 마구 흔들어 댄다. 살포시 햇살 품어 환하게 터진다. 지나가는 휘파람새는 몸을 틀어 깔깔거리며 날갯짓한다. 화분의 진달래꽃, 다가가 두 볼에 살짝 입 맞추니, 배시시 웃으며 분홍빛 속살을 드러낸다. 다 열어젖힌 세상의 가난한 품속으로 부드러운 빛이 마구마구 점령한다. 쭈뼛거리던 것들도 한꺼번에 터진다. 세상이 환해지고 착해진다. 선해지니 모든 게 열려 서로 통한다. 다 용서가 된다. 하늘마저 파래지니 분홍 꽃잎 날리듯, 온 세상이 풋가슴으로 춤을 춘다. 이보다 아름다울 수가 있을까.

완벽한 아침, 환희의 이 순간에 나는

밤 12시, 칠흑 같은 어둠이 길을 연다. 휘황찬란했던 낮빛은 거친 숨을 몰아쉬며 질주한다. 미처 따라가지 못한 빛줄기가 먼지로 흩어진다. 보름달이 건너가도록 밤이 깊었다. 반평생, 무릎을 접어 지내다 보니 저리도록 안절부절못했다. 이제 그것도 끝을 달리고 있는지 강 건너듯 저편에 아침이 오고 있다. 내 기억 속에 살아있는 영롱한 아침이 오나 보다. 물론 쓸쓸하게 점멸하는 저녁도 있을 것이다. 목숨처럼 간직했던 씨앗, 나를 보호하기 위해 절약했던 사랑, 그리하여 전설이 되지 못한 꽃, 허락받지 못한 욕망, 밀어내지 못하고 숨겨둔 이름, 모두 흘러가는 어둠 속으로 밀어 넣는다. 오고 싶을 때 왔다가 가고 싶을 때 가던 열망도 지친 듯 떠나간다.

이렇게 집착했던 마음을 놓아버리니 밝아진 영혼이 평화롭게 유영한다. 푸드덕 꿈꾸며 물빛보다 더 환한 날이 내 앞에 있다. 이토록 멋진 봄날에 나는 두 발이 묶였다. 기다림으로 응축된 시간이 물러나니 모든 게 태평하다. 물론 기다리는 동안 기다리는 마음이 수도 없이 오고 갔다. 누구에게도 그 무엇에게도 폐 끼치지 않아 좋다. 라흐마니노프의 회색빛 선율을 깔아놓고 유리창과 마주 앉아 봉지 커피를 타 마셔도 그저 좋다. 홀로 공원 한복판을 지키는 초록 기둥도 오늘은 외롭지 않아 보인다. 어둠 속을 맨발로 걸으며 단단히 여문, 욕망 하나 땡볕에 툭 터뜨린다. 사륵사륵 아침 햇살이 내 안으로 흘러든다. 연이어 꽃처럼 피어오르는 무지갯빛 햇살과 연둣빛 풀꽃이 줄지어 번진다. 완벽한 아침, 환희의 이 순간에 나는 푸른 꽃잎에 눈 맞춤하며 앵두 같은 입술로 키스한다.

나, 봄에게 누락되지 않았다

연두를 태우고 바람이 분다. 아스팔트 위에 톡톡 떨어지는 햇살들, 줄지어 춤을 춘다. 나는 미소 지으며 큰 소리 내지 않는 봄의 후예가 된다. 태양을 적당히 호흡하며 매력적인 것들에 집중한다. 흰 눈을 깔고 누웠던 바람도 초록의 옷으로 갈아입는다. 백팩을 멘 여대생에게서 뿜어져 나오는 레몬 향이 상큼하다. 하늘의 별들까지 푸른빛을 뿜으며 물컹해진다. 온통 푸른 것들이 유연하게 부유한다. 싱싱하고 환해진 세상, 상큼한 초록 향기가 배인 듯하다.

하얀 목련꽃 한 다발로 봄을 묶어 벽에 걸어두었다. 봄을 저장해 두었다. 한 발자국만 옮기니 벽에 걸린 봄이 웃는다. 그 곁에 기대어 잠시 고단함을 내려놓는다. 문득 쓰다듬어 보는 내 몸, 푸른 향기가 가득하다. 나, 봄에게 누락되지 않았다. 그래서 좋다. 사선으로 떨어지는 빗방울 교향곡, 묵은 고민들을 말끔히 씻어주고, 그 끝에 하얀 미소가 번진다. 참 따뜻하고 편안하다. 곧 낡아질 단어, 봄이 춤을 춘다. 시간이 밀어내는 그날까지, 봄은 이렇게 춤을 추며 향연을 즐길 것이다.

세상의 모든 것들에게 향연을 허락한다

아메리칸 인디언은 3월을 '마음을 움직이는 달'이라 했다. 썰물처럼 빠져나간 겨울의 얼굴들을 힐끗힐끗 훔쳐보며, 한껏 부푼 봄바람이 풍선처럼 팽팽하다. 찡긋찡긋 눈길을 주니 매화꽃잎도 바람에 살랑인다. 이마를 감싸는 햇살이 따사롭다. 강변을 걷노라면 비릿함보다 연둣빛 옷을 입고 솟아오르는 풀 내음이 상큼하다. 우주가 만들어낸 빛과 향과 색이 가득하다. 세상이 환해지고 속이 보일 정도로 투명하고 깨끗하다. 진하지도 흐리지도 않은 색과 향과 빛이 잘 어우러진다. 잔별이 무수히 쏟아지니까 신비롭다. 곧 향연이 시작될 것이고 봄은 절정에 이를 것이다. 행인을 감싸 안는 다채로운 꽃들이, 연둣빛 나뭇잎들이 황홀한 병풍이다.

어디를 가든 모든 것이 아름다운 배후다. 겨우내 외롭고 춥던 것들에게 무한한 응원, 새로운 출발을 축복하는 따뜻한 선물이다. 다시 찾아온 온화한 햇살은 후미진 곳에 들러붙어 있는 겨울의 잔해, 티끌 한 자락을 말끔히 털어낸다. 드디어 맞이한 온전한 봄, 세상의 모든 것들에게 향연을 허락한다. 소심해서 주저하는 나도, 햇살 속으로 한걸음 당당히 내디뎠다. 스며든다, 따뜻함이 쏟아진다, 설렘이. 기대된다, 새 희망이.

★ ★ ★

사랑은 눈으로 보는 것이 아니라 마음으로 보는 것이다.

Love looks not with the eyes but with the mind.

셰익스피어

서서히 명료하게 나로 표백되고 있다

길을 나섰다. 어떤 날에는 흐드러지게 핀 장미꽃 길을 걸어갔다. 또 어떤 날에는 가시밭길이 이어졌고 간간이 독이 묻어 있었다. 한 걸음 두 걸음 걸으면서 독약이 묘약으로 덧칠되고 있다. 어떤 길에서는 한참을 걷고 보니 잘못된 주소로 들어가고 있었다. 무작정 꽃밭을 상상하며 갔던 것이다. 안타까운 나의 흰 발이여! 나를 찾아 쏟아지는 검은 햇빛이 오늘은 왜 이렇게 야속할까. 차라리 비라도 퍼부었으면 좋겠다. 누군가 나를 배제하려 드는 느낌을 지울 수 없다. 이 세상에서 나는 소거되어야 하나? 언제까지 양보로 덧칠하고 살아야 할까? 살아가는 것이 죽는 것보다 더 무섭다. 이런 날 쪼그리고 앉아 울어도 춥지 않을, 볕 드는 곳이라도 있었으면 얼마나 좋을까. 파괴되거나 사라지지 않고 잘 살아낼 텐데….

예정된 눈물의 세계 속에 나는 있다. 자주 있을 것이다. 길에서 우는 일이. 그저 하루 치의 슬픔을 배당받고 슬픔을 토해내서라도, 어찌하든 내 자리로 가야만 한다. 답답함에 내가 눈물을 쏟아낸 사이, 밤하늘에선 한 번도 본 적 없는 누군가 내려오고 있다. 나에게 무엇을 주문하기 위해서일까. 어쨌든 나의 운명은 늘 그 자리에서 나를 내려다보며 내가 도착하기만 기다릴 것이고, 나는 꾸준히 그곳을 향해 가야 한다. 무수히 많은 사람이 낭떠러지에 쓸모없게 버려지는 것처럼, 더듬더듬 느릿느릿 달팽이가 되더라도 가야 한다. 가지 않으면 언젠가는 버려질 것이다. 누군가 내 자리를 차지할 것이다.

내가 간구하는 소중한 것들은 정해진 순서에 따라 '존재했다, 사라졌다'를 반복하며 귀결된다. 내가 바라든, 바라지 않든 그 자리는 채워질 것이다. 물론 어떤 선택을 하더라도 후회할 것이지만, 비참하게 후회하지는 말아야 한다. 내가 선택한 이 길, 출구 없는 삶이라 해도 문을 그려 넣으며 가야 한다. 도처의 소리 소문 없는 죽음들을 기억하며 가야 한다. 궁지를 헤쳐나가야 햇빛 속으로 걸어오는, 귀한 것을 만날 것이다. 어떻든지 간에 가야 한다. 나는 확신한다. 지난한 고난도 끝내는 머물다 떠날 것임을. 다만 가끔은 내가 가고 있는 길, 꽃길이 아니어도, 위로가 되는 소식 하나쯤 있으면 좋겠다. '아무 일도 일어나지 않노라, 잘 가고 있노라'라는 응원의 소식 하나쯤 있으면 좋겠다.

지금껏 숨 쉬어왔던 것들을 뱉으며 박자를 놓치고 있던 날들, 지그재그의 느린 걸음으로 내 자리에 가까워지려 했던 날들, 다 위로받아야 한다. 더듬더듬 느릿느릿 달팽이가 되더라도 나로 표백되어야 한다. 그래야만 조금씩 더 선명한 나의 자리를 차지할 수 있다. 이 세상 나의 존재를 넓혀갈 수 있게, 힘이 되는 소식이 많아졌으면 좋겠다. 그동안 내 자리를 차지하기 위해 무수히 소비하며 살았지만, 그 무모하다고 생각하며 결사적으로 사용하던 시간도 결국은 내 자리를 찾아가고 있었던 것임을 깨닫고 있다. 주변의 모든 것들이 나에게로 다가오고 있다. 서서히 명료하게 나로 표백되고 있다.

여러 갈래의 길이 있었다

무엇에 휘둘릴 때마다 자주 찾는 숲이 있다. 그곳에는 여러 갈래의 길이 있었고, 나는 늘 한 길로만 산책했다. 물론 구불구불한 길도 있다. 숲이란 참으로 미혹하다. 바람은 고요히 고요히 부풀어 나직이 손을 내밀며 나에게 느림을 유도했다. 취하다가 충돌하더라도 느릿하게 걸으라고. 어둑해지니 길을 내던 햇살이 화장한 얼굴을 지우고 주름까지 숨긴다. 가까이 가면 멀어지고 돌아서면 에워대는 것들, 이제는 보이지 않는다. 그들은 어디로 갔을까. 숲에서 길을 잃어 별수없이 주저앉아 멍하니 하늘을 올려다보면, 가슴속을 후비던 것들이 조신하게 포옹한다.

나는 다짐과 기도로 시작하고 맺는다. 기운 없이 늘어진 생

의 현을 팽팽하게 끌어당겨, 두 손을 붙잡아주던 어느 날의 온기처럼, 그 모두를 조용히 눈물로 흘러내리도록. 위태로운 것들을 태연히 조율하며, 감정의 균형을 잡아가며 방황하도록. 침잠하듯 흔들리다가도 흘러가도록. 다시 제자리로 돌아가도록. 너무 멀리 벗어나지 않았냐고, 그래서 길을 잃지 않았냐고, 길이 끝나는 곳에 길은 시작된다고, 버리고 버려 사정없이 자유롭지 않냐고, 늘 모험이고 용감했냐고, 그때는 왜 모질게 간절히 뜨겁지 않았냐고.

마지막 순간까지 묻고 대답하는 텍스트가 이어져, 쉼 없이 흐르다가 자연스럽게 멈추는 생이 되도록 죽어가며 칭칭 감기는 오늘에게 묻고 대답한다.

처음부터 준비된 나의 길은 없었다

해변을 걷는 내내 마음이 무거웠다. 해변의 바닷새 한 마리 훠이훠이 날아오르고, 지는 해 사이로 산란하는 어둠이 마음을 재촉한다. 행인들의 웃음소리, 갈매기 소리, 파도 소리, 코끝에 스미는 솔 향기도 걱정거리를 밀어내지 못한다. 무거워지는 한 걸음에는 삶의 무게가 실려 있다. 하나의 고민이 이토록 오래도록 나를 옭아맬 줄은 미처 몰랐다. '왜 나는 여기까지 왔을까. 어떻게 돌아갈까. 돌아갈 수는 있을까.' 그 해답을 얻기 위해 이 길을 걷고 있는데 실마리를 찾을 수가 없다. 붉은 소나무가 펼쳐진 이 길은 고민에 빠진 나를 자꾸만 외진 곳으로 이끌고 있다. 걷고 또 걷다 보니 길 끝에 와 있다. 바다로 떨어지는 절벽에 서고 보니 정신이 번쩍 들었다.

무엇이 나를 여기까지 이끌었을까. 절벽, 낭떠러지, 벼랑 끝에 서 있다. 나도 모르게 눈물이 났다. 그러고 보니 더 이상 길이 없었다. 지금의 내 인생처럼.

늘 잠이 덜 깨어 충혈된 눈으로 단 한 번도 마음 편히 쉬지 못하고 쩌렁쩌렁 울리는 걸음으로 달리고 뛰면서 여기까지 왔는데, 지난한 시간은 나를 떠나지 않았다. 여전히 고단한 삶이다. 그렁그렁 눈물이 맺힌다. 늘 준비된 마음으로 길을 나섰지만 처음부터 준비된 나의 길은 없었다. '돌아가야 하는데…' 하면서도 두렵고 불안하다. 돌아가야 하는데 길이 보이지 않는다. 나를 여기까지 데려다 놓고 사라진 그 많던 길은 어디로 갔을까. 돌처럼 단단했던 각오는 어디로 갔을까. 나는 이제 어떻게, 어디로 가야 할까. 두 눈은 멀고 멀어 앞은 보이지 않고, 한 발을 떼어야 하는데 발목이 부러졌는지 힘이 들어가지 않는다. 온몸에 칡이 감긴 건지 움직이지 않는다. 어떻게 해야 할까. 빛이 저물며 어둠을 잉태하고 어둠이 다시 빛을 산란하듯 끝은 다시 시작이다.

가야 한다. 다시 내 길을 만들어 가야 한다. 늦더라도 꼭 가야 한다. 어디론가 뿔뿔이 흩어진 단단한 각오를 불러 모으자. 이제는 예정된 생을 계산하면서 가자. 과거에 밑줄을 긋지 말고 현재에 밑줄을 긋자. 아프게 살아온 검은 날들은 잊고, 살아갈 날들을 초록으로 물들이자. 내가 꿈꾸는 그곳으로 가자. 위대한 나를 만나자. 나의 기적을 믿자.

★ ★ ★

죽음을 기억하라, 이 순간을 즐겨라.

Memento mori, Carpe diem.

이탈리아 격언

모든 것은 떠나간다

여전히 기온이 38도를 오르내리고 거리를 서성이는 뙤약볕은 무섭다. 그러나 온몸을 휘감는 서늘한 기운이 가을을 물어다 놓을 것이다. 폭염을 견딘 곡식과 과일, 그것을 잘 가꾼 농부의 일손이 고맙기에 수확은 위대한 것이다. 곧 여름의 잔해는 파랗게 질려 슬금슬금 떠날 것이다. 안간힘을 써서 가냘프게 울어대는 매미도 흙먼지로 돌아갈 것이다. 모래시계 속의 모래가 아래로 흘러내리듯이 모든 것은 떠나간다. 성취한다는 것은 곧 허무의 시작이다. 생의 완벽이 열매로 완성될 때 또 침몰이 시작되니까.

오늘따라 반백 년 전에 죽은 헤세의 목소리가 왜 이토록 간곡하게 들릴까? 단순히 '생존'하는 것이 아니라 진정으로 '존재'할 수 있는 생의 멋진 방법을 헤세는 한 편의 시로 대답한다. 인생은 'Allein혼자 가는 길'이라고. 하여 내가 사랑하는 '나'가 진정으로 존재할 수 있도록 수시로 나를 토닥이라고. 그것이 불완전한 '나'를 완전한 '나'로 이끈다고. 그것이 가치 있는 생을 취할 수 있는 길이라고. 내가 사랑하는 헤세가 나직이 답을 해준다.

겨울 속의 겨울은 더 깊어가고

얼마가 지나야 선명해질까. 이 안갯속 같은 뿌연 세상, 가고 가도 끝이 없다. 매일 던진 내 의문부호, 전봇대 위에 가득하다. 또다시 새로운 물음표 하나, 전봇대에 걸려 펄럭인다. 집으로 가는 길이 이토록 멀고도 험한 걸까. 애타게 기다려도 오지 않는 봄, 지치도록 기다리고 또 기다린다. 툭, 검은 물음표가 사방에서 쏟아진다. 이 시험대에서 언제쯤 탈출할까. 또다시 갇힌 건가 이 겨울에. 잔인하도록 겨울 속의 겨울이 몸부림치지만, 기어이 봄은 온다.

봄을 잉태한 겨울 속의 겨울은 더 깊고 추울 테지만, 견뎌 이겨내리라. 아무리 추상의 무게가 생生을 짓눌러도, 육체가 새까맣게 타들어가도, 심장이 차가워져 영혼이 빠져나가도 화려한 봄 햇살을 가슴으로 껴안을 때까지 마지막 호흡을 놓지 않으리라.

인내라는 걸 해야 할 때,
책이 내어준 향기는 길이 된다

인제 원대리 숲으로 들어가 바람에 흔들리는 자작나무를 보며 하루키의 소설을 읽는다. 산딸기를 따 먹고, 계곡물 흐르는 소리를 들으며 책을 읽다 보면 내일로 굴러가던 머리도 잠시 정지된다. 유유히 흐르는 좌표 없는 풍경, 번져가며 긴 그림자 남기며 낙하하는 태양, 모두가 잊지 못할 풍경이다. 그 풍경 하나가 지치고 힘들 때 꺼내 보면 흐뭇하다. 비릿한 욕망을 친친 감고 그러데이션처럼 걸어가는 육체도, 말간 눈물 안고 유리창을 통과하는 영혼도 다 잊힌다. 가슴에 박히던 타인의 말이, 시선이 흐르면서 잔잔해진다. 나만의 세상에서 버건디 색의 립스틱을 바르며, 와인 한잔을 마시며, 비트 음악에 맞춰 춤을 추는 것, 나만의 세상에 고립되는 것, 온전히 나를 느낄 수 있는 것, 혼자여야 할 때 과감히 혼자가 되는 것. 그것이 맛이고, 단단한 자아로 온전히 나로 사는 것이다. 행여, 다 무너지더라도 벌떡 일어나 다시 짓는다.

잠 못 이루는 밤이 오면 릴케의 시집을 펼쳐 아무 페이지나 읽으면 된다. 하고 싶은 걸 하지 못해 인내라는 걸 해야 할 때, 책이 내어준 향기는 길이 된다. 구불구불한 길은 다림질한 듯 펴지고, 하늘을 날아다니던 햇살 물고기는 아스팔트에서 푸득거리며 춤춘다. 다시 세상은 열리고, 나는 신발 끈을 고쳐 매어 길 위에 선다.

아릿하다

메타세쿼이아 숲길을 혼자 걸으니 물안개로 젖듯 눈가에 이슬이 맺힌다. 숲이 뿜어대는 들숨 날숨을 있는 그대로 빨아들이는 내 몸이 날아갈 듯 가볍다. 나이 탓인지 이제는 모든 것에 너그럽다. 사는 것이 순례 같아 죄짓지 말아야겠다는 생각을 자주 한다. 숲속의 나무처럼 몸도 마음도 편안히 늙어갔으면. 버거울 만큼 사무치도록 붉게 물들지 않았으면. 시도 때도 없이 나부끼는 그리움도 멈추었으면. 추상의 외로움도 이제는 멈추었으면. 내가 갈망하는 그곳에 닿지 않았으면. 욕망에 눈멀지 않으면서도 소중한 것을 지켜가며 살아가는 윤리적인 순례자가 되었으면.

하늘에도 지상에도 꽃이 만발하다. 정작 나는 몇 번의 꽃을 피웠고, 앞으로 얼마나 더 피울까. 노란 꽃일까, 빨간 꽃일까, 아니면 검은 꽃일까. 가장 아름다운 꽃을 피우는 그때는 언제일까? 그 비밀의 문은 언제쯤 열릴까? 마스터키는 또 누가 쥐고 있을까? 일상에 허우적거리며 주절대던 하루를 일기장에 올려놓는다. 세상을 배회하다 돌아온 먼지 가득한 영혼을 털어 햇볕에 말린다. 묵은 것들, 억지로 들러붙은 것을 끄집어내도 끝이 없다. 까맣게 얼룩진 것들, 찌그러진 것들, 깨져버린 것들을 다 불러 모으니 반듯한 것 하나 없다. 모든 게 아릿하다.

밤새 닫힌 것들이 서서히 열리고

모두가 잠든 새벽 2시, 정동진 바닷가도 쉴 채비를 하고 있다. 플랫폼 주변에는 주인 잃은 분홍 스카프가 백사장을 나뒹굴고, 누군가 흘리고 간 웃음과 눈물은 빠르게 바닷물 속으로 투신한다. 눈으로 만난 인연, 마음으로 만난 인연, 해변을 뒤흔드는 메아리, 한 방울의 눈물, 한숨 소리도 깊게 잠수한다. 그 모든 것들은 바닷길을 만들어 뒤 섞이며 흘러간다. 약속이라도 한 듯 별빛이 쏟아져 내리고, 플랫폼을 밝히던 76룩스의 가로등 불빛도 서서히 희미해진다. 꽃이 피고 지듯, 모든 것들은 기어이 왔다가 간다. 간헐적으로 누군가 흘리고 간 푸른빛 서약이 플랫폼 위를 둥둥 떠다닌다. 검은빛 헤어짐에는 해탈한 듯 철썩 이는 파도 소리가 애잔하다.

길 잃은 괭이갈매기 한 마리가 젖은 날개를 말리기 위해 툭툭 날개를 뒤흔든다. 한바탕 시끌벅적하던 인적 끊긴 바닷가 플랫폼, 누군가 흘리고 간 마음속 그림자들을 아무도 몰래 툭툭 털어 말리고 있다.

두 날개 활짝 펴고 비상하는 것들은 희망찬 아침을 위해 하얀 음표를 나부낀다. 기차는 새로운 출발을 앞에 두고 기지개를 켜며, 기적 소리를 내기 위해 뜨겁게 불을 지핀다. 향기 머금은 바닷가 해당화는 인연들이 남기고 간 사연을 품어선지 이리저리 흔들리고 있다. 플랫폼을 끌어안은 아침 햇살이 주변을 서성이며 자리를 넓혀간다. 이렇게 또 밤새 닫힌 것들이 서서히 열리고 있다.

[사랑하기 좋은 날]

사랑하기 좋은 날, 그날이 와서
내가 너에게 사랑으로 다가간다면
네가 나에게 사랑으로 다가온다면
참 좋을 텐데.

사랑하기 좋은 날, 그날이 와서
내가 너의 꽃으로 피어
네가 그 꽃에 이름을 지어 주고
이름을 부르며 사랑으로 다가온다면
참 좋을 텐데.

두 뺨이 붉어지고
두 마음이 하나로 겹쳐
서로의 가슴에 벅찬 숨결이 될 텐데.
앵두 같은 두 입술이 부딪쳐
세상은 천국, 온통 별빛으로 충만할 텐데.

사랑하기 좋은 날, 그날이 와서
내가 너에게 사랑으로 다가간다면
네가 나에게 사랑으로 다가온다면
너는 나무가 되고, 나는 꽃으로 피어
우린, 하나가 될 텐데.

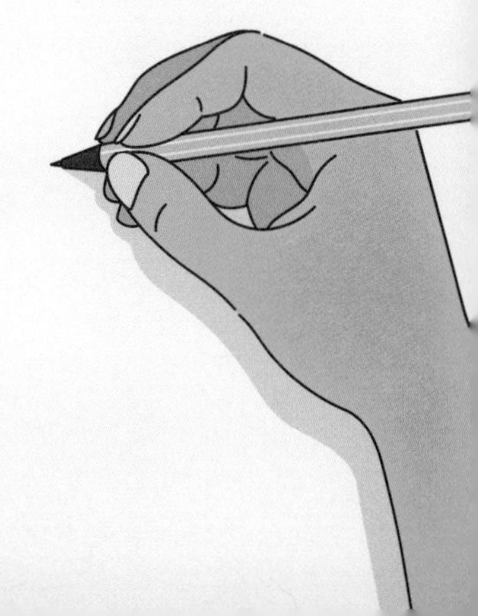

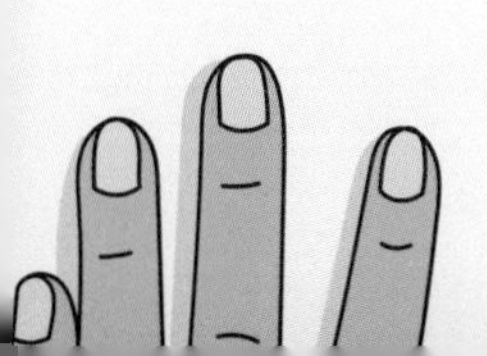

사무치도록 시가 아프다

시가 무엇인지도 모르면서 시가 좋았다. 소월이 좋았고, 괴테가 좋았고, 백석이 좋았다. 그들의 시에 빠져 그리워하니까 섬이 되었다. 시를 쓰는 내 간절한 마음이 섬에 닿았다. 허공에서 춤추는 것들이 내 안에 들어와 꽃가루를 뿜어대며 심장에 스며들었다. 온통 붉고 푸른 시 잔치, 나를 잃고 시를 얻었다. 좋아서 쓴 시가 아프다. 밥을 먹여주고, 잠을 재워주고, 옷을 입혀주는데 너무 아프다. 사무치도록 아리다. 사무치도록 아프다. 그래서 두렵다. 아픈 노래를 듣는 듯 아프다. 사무치도록 시가 아프다. 그래서 미안하다. 모두에게. 아픈 쪽으로만 휘어져 미안하다. 결핍투성이, 아픔 가득한 생을 농축한 내 시가 아프다. 그래서 미안하다. 그럼에도 나는 시를 쓰기 위해 존재한다. 사무치게, 호쾌하게, 둥글게 피어난다. 아픈 내 시가.

멋진 에필로그를 향하여

가을인가 싶은데 어느새 먼 산이 아름드리 한 단풍으로 옷을 갈아입었다. 푸릇했던 것들이 자리를 내어주는 동안 그리움을 안고 지독하게 달려온 생의 모든 것들도 곱게 물들고 있다. 머지않아 그리운 것들이 하나둘 떠나갈 테지만 오늘, 이 순연한 가을빛은 기억 속에서 오래도록 그리움으로 남겠지만. 놀이터 한 곳에서 젊은 남녀가 시소를 타고 있다. 한 번은 여자가 위로 오르며, 한 번은 남자가 아래로 내려가며 어느 한쪽으로 기울이지 않게 서로를 배려한다. 그 모습이 어찌나 애틋한지 저절로 시선이 꽂히고, 젊은 날의 내 모습과도 비교된다.

나이가 들수록 마음의 온도가 차가워지는 것 같다. 동작이

느려지는 만큼 느려져야 하는데, 욕심은 여전히 빠르게 움직인다. 이 나이가 되도록 어디까지가 마음에 상처를 주지 않고 편안하게 수평을 이루는 것인지 도대체 모르겠다. 서운함이 심장을 가득 채울 때에는 자꾸만 우울해진다. 시소놀이처럼 애정한다는 것은 그런 것이 아닐까? 둘 중에 한 사람이 더 많이 애정하고, 한 사람은 더 작게 애정하는 것. 그래서 둘 중 하나는 섭섭함과 미움, 두려움이 더 클 것 같다. 언제쯤 완전한 수평을 이루어 한쪽으로 기울어지지 않는 사랑을 할 수 있을까? 오늘은 그리움이 제 곳을 찾아가도록 키 큰 가로수에 안부를 걸어 두었다. 기어코 가야 한다면 바람을 타고서라도 주인을 찾아가겠지.

안부의 편지를 보냈으니 답장이라는 우편물이 도착할 때까지 또 기다려야겠지. 다만 애정의 시차를 많이 느끼지 않는 답장이 오길 기대하며. 잠시 켜졌다가 꺼지는 센서등이 아니라 스위치를 올려 당분간 전등을 오래도록 켜두어야겠다.

기다리는 그리움의 답장이 어두워 방향을 찾지 못하지나 않을까 해서. 툴툴거리며 허둥대지 않을까 해서. 잠시 부재중인 내 그리움이 제자리를 찾도록. 기억과 행동을 끊임없이 경계하고 단속하여 마지막 에필로그가 지금, 여기, 나임을 각인하도록.

낙엽, 자신을 버린다

거리를 나뒹군 낙엽 하나 주워들고 사각사각 낙엽 밟히는 소리를 들으며 걸었다. 기꺼이 자신을 버리는 낙엽, 봄을 위해 자신을 버린다. 생명의 재창조를 위해 자신을 버린다. '탈리脫離'라고들 한다. 나무에 달린 수많은 잎이 떨어지고 소량의 양분으로 나무는 겨울을 견딘다. 너를 위한 나의 버림, 너의 자리를 위해 나의 자리를 비워주는 마음이다. 눈물겹도록 희생적이다. 그렇게 떨어진 낙엽은 그 나무가 추운 겨울을 무사히 넘길 수 있도록 나무에게 폭닥한 이불이 되어준다. 바람의 도움을 얻어 이리저리 밀려가 여름 폭우로 패인 자리, 드러난 뿌리들을 살포시 덮어준다. 따스한 봄이 오고 새싹이 나올 때면 봄비에 자신의 몸을 적셔 이제는 썩어서 나무에게

거름이 되어준다. 기력이 쇠한 나무를 위해서 자신을 썩혀 거름이 되어주는 것으로 비로소 모든 것을 마감하는 낙엽의 생, 그 매력, 숭고함이 나의 발길을 붙잡는다.

떨어지는 잎들은 쇠락은 물론 죽음까지 연상하게 한다. 추락하는 낙엽은 가장 아름다울 때에 자신을 던지기에 숙연함과 쓸쓸함이 동시에 묻어난다. 낙엽처럼 가장 아름다울 때 다 내어줄 수 있는 용기, 나는 있을까?

가을이 진다

11월 마지막 날, 비가 내린다. 나뭇가지에서 발갛게 타오르던 단풍, 속절없이 우수수 떨어진다. 가을이 빗속으로 느리게 빨려 들어간다. 머얼리 역전 아치형 다리에는 하얀 것이 빠르게 움직인다. 겨울바람인가, 비에 젖어 흐르는 숙연한 강물이 눈앞에 아른거린다. 머릿속에 뒤엉킨 수많은 말과 함께 흔들린다. 기적을 바란 건 아니지만, 아쉽게 놓쳐버린 것들이 울컥 치미다가 눈물이 앞을 가린다. 날 선 글자가 가시처럼 심장을 찌른다.

간절하던 것이 한순간에 빠르게 지나갔다. '다시 오겠지' 했는데 아무것도 돌아오지 않았다. 나, 지금 어디로 가고 있는지, 무얼 하고 있는지, 어디쯤 와 있는지, 마지막 종착역은 어

디인지, 끊임없는 상념들이 빗속을 걸어 다닌다. 집 앞 나뭇가지 위에 매달린 단풍잎 하나, 비를 맞으며 안간힘을 다해 버티고 있다. 나는 그 풍경을 가슴에 담는다. 쏟아지는 비, 떠나는 가을, 너도 가고 단풍도 지고, 추억만 남은 이곳에 가을이 진다.

살다가 지칠 때면 매끈한 수피를 매만지며

살다가 지칠 때면 내 마음을 뉘이는 곳이 있다. 강원도 평창군 미탄면에 있는 청옥산 자락의 자작나무 숲이다. 꼬불꼬불한 산길을 따라 7부 능선쯤 올라가면 하얀 옷을 곱게 차려입은 자작나무 숲이 나를 유혹한다. 순백의 세상, 마르나 젖으나 '자작자작' 소리를 내며 타는 자작나무는 하얀 껍질이 주는 신비감도 있지만 동화 속에 나오는 주근깨 가득한 주인공 앤과 친구 다이애나가 뛰놀던 숲이기도 하다. 또 영화 '러브 오브 시베리아'에서 시베리아 열차 뒤로 끝없이 펼쳐진 숲이기도 하다. 무성한 나뭇잎 사이로 비치는 햇살이 새하얀 나무에 걸려 반짝인다.

자작나무를 심어 숲을 만들려면 30년을 기다려야 한다는데

아마도 그래서 숲속의 귀족이라는 이름이 붙여진 듯하다. 숲으로 들어서니 휴대폰도 터지지 않는다. 자작나무 숲이 문명과의 접촉을 끊은 듯 흰 입김을 뿜으며 자작나무 사이로 난 오솔길을 천천히 걸으면 마치 살이 빠져나간 생선의 흰 뼈처럼 잎을 다 떨구고 서 있는 자작나무가 눈 안에 들어온다. 흰빛이 너무 아름답다. 차고 맑은 박하 향내가 세상 모든 고통을 빨아들이는 것 같다. 소나무가 수묵화처럼 동양적인 아름다움을 갖고 있다면, 자작나무는 도시적인 향이 짙은 수채화 같다.

빼곡한 숲을 이루고 있는 낙엽이 두툼하게 깔린 자작나무 숲길을 걷다 보면 금방이라도 북유럽 동화 속에 산다는 '숲의 정령'이 튀어나올 것만 같다. 가끔 두툼한 낙엽을 딛고 달리는 산토끼도 보이고, 이름 모를 새도 지나간다. 자작나무 숲길을 지나가는 사람들이 4살배기 아이의 해맑은 표정으로 웃고 있다. 자작나무의 결과 향기에 욕망에 찌든 것들을 빨래처럼 담가 흔들어 씻는다. 얇은 종잇장을 여러 겹으로 붙여 놓은 것 같은 매끈한 수피를 매만지며 기도한다. 곧게 치솟은 가지를 올려다보면서 남은 희망이 무엇에 흔들려 휘어지거나 뒤틀리지 않고 쭉쭉 뻗어 가기를.

최후의 보루는 기도

계절을 미치도록 사랑하다 보면 멋진 대사들이 마블링처럼 부유한다. 수없이 유예되어왔던 그토록 원하는 것이 선명하게 눈앞에 나타난다. 곧 두 눈으로 직접 확인하게 된다. 물론 살다 보면 누구든 한 번쯤은 세상을 버린 채 어둠 속으로 자발적으로 망명하게 된다. 홀로 남겨져, 이리저리 부유하다가 마지막 화자가 될 수 있다. 그게 '나'일 수 있다는 것을 스스로 이해시키고 납득시켜야 한다. 어느 날 갑자기 나도 모르게 생의 음계가 바뀔 때도 있다. 살짝 이탈하면서도 스스로 풀었다 조이다가 하면서 언젠가는 제 음계를 찾는다.

비뚤어진 그것들이 바로잡기까지 수없이 찾아오는 외로움, 두려움, 망설임, 흔들림, 방황, 포기의 유혹을 견뎌야 한다. 덜

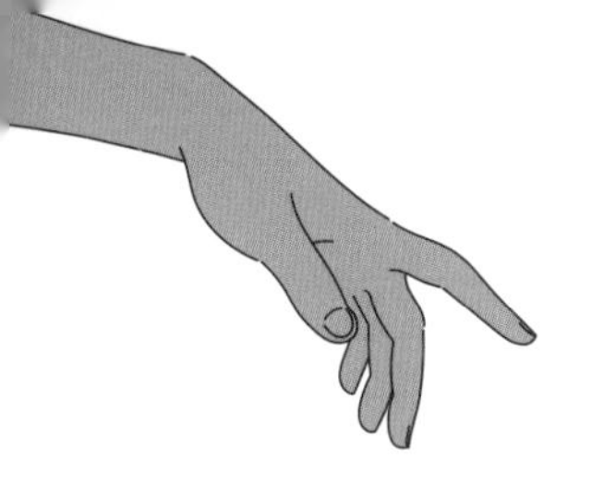

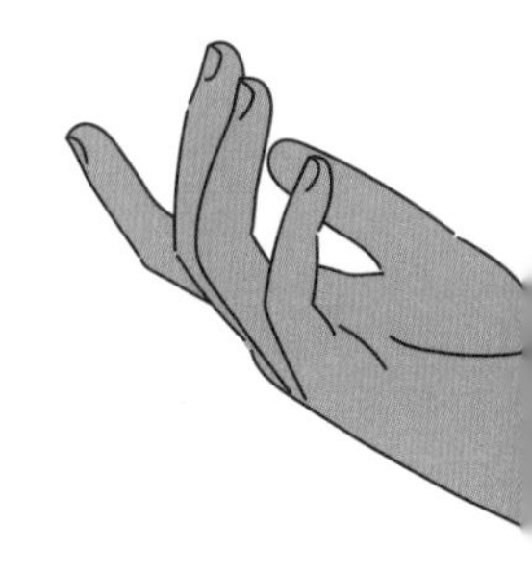

외롭고, 덜 흔들리며, 절박한 그날의 나를 보호하고 지키기 위해 최후의 보루는 기도다. 벼랑 끝이라 여겨지면 나는 두 손을 모은다. 나에 대한 다짐을 새롭게 확인하고 더 단단해지기 위해 처절하게 기도한다. 하느님, 나를 시험하지 마소서. 나를 힘들게 하지 마소서. 정 시험하고 힘들게 해야 되겠거든, 그 시험과 힘듦을 감당할 힘도 함께 주소서.

괜찮지 않으면서
괜찮다고 말하는 게 아니라,
괜찮기에 괜찮다고 말하는 거다

나는 늘 나에게만 기울어져 있다. 기울어진 것이 뿌리를 내릴 때까지 기다려야 한다. "기다려야 한다"라고 나는 말한다. 그러므로 나의 것만 희망한다. 열 개의 손가락으로 열 개의 희망을 잡지 않고, 열 개의 손가락으로 단 하나의 희망을 잡을 것이다. 나를 유혹하는 아름다운 것들을 흘려보낼 것이다. 내 소망 뜨겁게 멍진 날들, 바람결에 내게로 비치는 봄 같은 것을 '아니다 아니다'라며 흘려보낼 것이다. 뿌리까지 어는 12월에도, 푹푹 찌는 8월의 땡볕 아래서도 하나만을 기다리며 나는 나에게만 기울어질 것이다. 내가 살아갈 힘을 생각하며, 길들이며 익혀갈 것이다. 모든 것들이 떠났다. 빠른 말투, 홍건한 눈물도 떠났다. 한 움큼씩 나를 테스트하듯, 심심하게 서성대던 비겁함도 떠났다. 빛으로 출렁이던 것들은 씁쓸한 웃음만 남기고 고속 열차를 탔다. 새콤달콤한 탱자나무에 꽃은 만발하고, 누군가 흘리고 간 비릿한 향기가 코끝에 닿는다. 모든 것이 나에게로 기울어진 오후 4시, 세상은 술에 취한 듯 느릿하다.

나의 20년 지기 친구, 목 늘어진 티셔츠가 목련나무에 걸친 채로 바람에 날린다. 내가 바라보는 세상, 나를 길들여놓은 평화로운 이곳이 천국이다. 나에게만 기울어져 가진 것이 별로 없다. 이것이 내 모습이라 생각하니 차라리 편하다. 남들이 뭐라 할지 모르나 나는 지금 잘 지낸다. 편안하고 행복하게 잘 지낸다. 반드시 이것을 꿈꾸지는 않았지만, 익숙하다 보니 그런대로 희망이 되었다. 눈부시도록 화려하지는 않지만, 적당한 빛과 그늘 다발이 있어 좋다. 따신 햇빛에 놀라 눈부시게 깨어가는 아침, 연원리 산 1번지 10평 남짓 내가 머무는 곳. 우수수, 하얗게 탱자 꽃이 떨어진다.

나는 웃으며 뒹굴고 있다. 나에게만 완벽하게 기울어져서 먼저 내 영혼이 속을 내어 보이고, 그 뒤를 온몸이 자신을 드러내며 환히 웃는다. 완벽하게 나에게 기울어지고 나서, 나와 마주 보며 웃는다. 나와 완전하게 하나가 되어 살아간다. 나는 이제 괜찮은 나와 마주하고 있다. 이제 나는 괜찮다. 괜찮지 않으면서 괜찮다고 말하는 게 아니라, 괜찮기에 괜찮다고 말하는 거다.

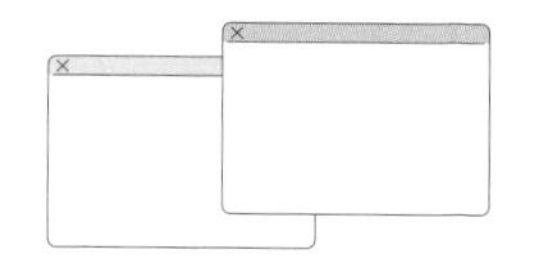

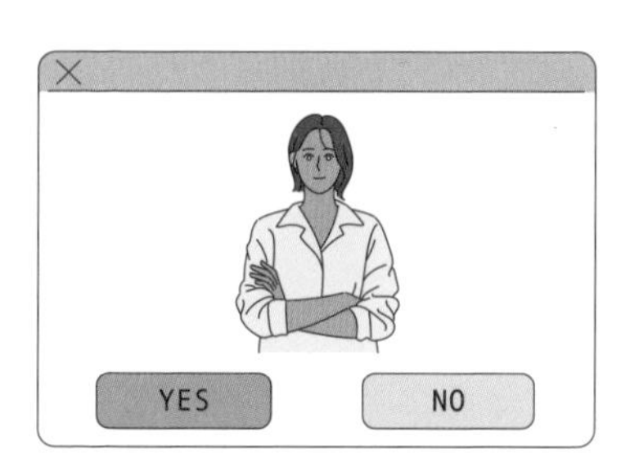
YES
NO

이토록 아름다운 세상에 기록할 것이 많아,
보이는 곳마다 청춘을 세워둔 것 같아 좋다.

[PART 2]

살아있음을,
살아감을,
살아냄을
감사한다

어느 날 내 마음이 나를 불렀다

새벽 2시, 모두가 잠든 시간, 톡톡 행간을 두드리는 소리가 편안하다. 살면서 너무 많은 소리를 내려고 애썼다. 빛의 화려함에 끌리고, 색의 유희에 끌리며 세상의 모든 소리와 색을 흉내 냈다. 그 소리가 하나둘 빠져나갈 때마다 나는 아팠다. 몸에도 구멍이 숭숭 나서 만지면 부서질 것 같았다. 어느 때는 구멍을 통해 들어오는 바람이 심장을 관통했다. 감당하기 버거운 날들, 나는 살아가는 방법을 몰랐다. 여전히 살아가는 방법을 잘 모르지만 돌아보니 시간이 모든 것을 정리해주더라. 견디니까 흘러가더라. 흘러가며 괜찮아지더라. 더러는 좋은 날도 있더라. 하던 일을 하며 기다리니까, 고통의 조각들이 새 주인을 찾아 뿔뿔이 흩어지더라. 죽도록 한 계절만

있던 나에게도 새로운 계절이 찾아오더라.

이제야 두 뺨을 간지럽히는 봄빛을 느낀다. 나와 상관없게 느껴지던 빛, 그 환희가 주변을 따뜻하게 데운다. 먼 기쁨들을 나는 느끼고 있다. 부서지는 햇빛은 분가루처럼 날리며 나를 에워쌌다. 강렬한 햇빛이 나를 둥글게 에워쌌다. 내 것이 아니라며 변명하던 행간을 톡톡이는 소리, 유난하지도 않지만 분가루 같은 빛을 내뿜었다. 울컥 눈물이 쏟아졌다. 애써 외면하고 살았던 것들이 마음을 흔들었다. 어느 날 내 마음이 나를 불렀다. 불쑥 내 빈손에 한 움큼의 속죄를 쥐여 주었다. 깔깔했던 시간들이 마주 보며 두런거렸다. 침묵 속의 눈물로 마주한 첫인사, 전율이 흐르고 묵직한 감동이 전신을 감쌌다. 깊은 밤 창문을 두드리는 빗소리에 마음을 기대는 것 같은 아주 독특한 소리였다. 이토록 나를 울리는 그 소리가 내 것인데, 나는 왜 방치하고 살았을까. 남의 것을 가지고 내 것인양 집착하고 흉내 냈으니 얼마나 힘들었을까. 단 한 번도 마음으로 손잡아 주지 않았으니 아플 수밖에. 그 많던 욕망도, 집착도 다 내려놓으니 이보다 좋을 수가 없다. 행간을 두드리는 온전한 소리가 뿌듯하다. 가볍다. 단순하고 선명하다. 오롯이 나를 위해서만 참 바쁠 거다. 나를 위한 비상의 날들, 빛이 싫어 어둠 속만 표류했던 나, 이제는 그 어둠도 설레고 기다려진다.

새벽 2시, 행간을 톡톡거리는 그 소리가 운율이다. 물론 숨이 턱턱 막히는 고통에 체해 영혼까지 뒤틀어 몸져누운 적도 많았지만. 잔인하게 죽어간 내 청춘의 검은 페이지는 흐릿해진 세월에 곱게 접혀 있지만. 이렇게 단단해진 마음 위에 몸은 또다시 뜨겁게 불붙는다. 편안한 것들이 병풍이 되어 주니 나는 비로소 목적어를 찾았다. 이토록 아름다운 세상에 기록할 것이 많아, 보이는 곳마다 청춘을 세워둔 것 같아 좋다.

모질게 견딘 그리움은 처형되지 않았다

이번 해도 두 달 남았다. 수십 번의 가을이 지나갔지만 이곳저곳을 기웃거리며 모질게 견뎌온 그리움은 처형되지 않았다. 누군가의 부림을 받으며 끝이 무엇인지도 모른 채 껌을 건네는 지하철 앵벌이처럼 10월의 마지막 밤, 11월의 마지막 밤, 12월의 마지막 밤은 그 끝을 향해 줄달음치고 있다. 언제쯤 이 치명적인 그리움이 멈추려나. 그리움은 어째서 이토록 튼튼한 걸까. 이 외진 바닷가에서 누구를 찾는 걸까. 구름은 둔덕을 건드리며 아무렇게나 흘러가고, 길 나선 그리움이 물안개를 껴안고 경포 백사장을 점령했다. 차가워진 물보라에 발을 적시며 바닷길을 걸었다. '쏴아' 하는 파도 소리가 먼 데서부터 너울거린다. 하얀 물보라가 붉은 소나무 사이를 걸어

다니고, 중심의 물은 흘러넘쳐 변두리로 밀려난다. 나를 닮은 나뭇가지 하나 물길에 둥둥 떠내려간다. 잠시, 바다가 출렁거린다. 심하게 덜컹거린다. 변두리에 내몰린 누군가가 몸을 던진 것은 아닐까. 조심스레 걱정하는 사이에 심하게 다투던 연인이 서둘러 빠져나간다.

먹으로 번져가는 하늘에는 괭이갈매기들이 낮게 비행하며 재잘거리고 있다. 10년 만의 외출, 나에게 모두가 경이로웠다. 가난에 심하게 그을린 탓에 오래도록 마음에 불을 끄고 살았다. 마음에 불을 끄니 세상이 싫어지더라. 이 낯선 외출이 무엇으로 다가올지 나는 두렵다. 바닷바람이 제발 정신 차리라고 뺨을 찰싹 때리는 것 같기도 하고, 아니야, 잘살고 있다고 말하는 듯 파도는 하얀 거품을 일궈내며 내 다리를 감싼다. 또 지나가는 바닷바람은 비릿한 향기를 볼에 적셔주며 제 방식대로 '잘살고 있는지'를 묻고 있다. 길이 끝나는 곳을 찾아 바닷가를 거닐고 있는데 비가 내린다.

이 고즈넉한 밤. 사랑하는 사람과 마주 앉아 뜨거운 커피를 마실 수 있다면 이 쓸쓸함이 소리 없이 녹아내릴 것 같다. 바다가 내뿜는 하얀 거품을 물고 수없이 왔다가 가는 야속한 사람이 있다. 내 마음이 그 사람에게 닿을지 모르겠지만, 아니 그 사람에게 닿기를 바란다. 쓸쓸하지만 처절하게 보고 싶다고. 수많은 언어의 파편들을 주워 모아 의미 있는 편지를 쓰지만 부칠 수가 없다고. 그 사람을 생각하면 아득해지고 먹먹하다. 나를 사정없이 우두커니로 만든다. 그 사람, 나에게 누구이며 무엇일까. 나는 무엇을 얻고 무엇을 잃었을까. 밤이 새도록 고민해보아도 여전히 모르겠다. 안절부절못하는 이런 나의 생을.

엄마 생일

허리 굽은 엄마와 옹심이를 먹고 헤어지던 날, 전철역 지하 계단에 첫발을 내딛지 못하시는 엄마, 4살 아가처럼 발이 떨린다. 옷이 다 젖도록 비는 내리고, 맛있는 거 사드시라고 푸른 지폐 몇 장 손에 쥐여주는데 한사코 가방에 밀어 넣으신다. 느릿느릿 아장아장 굽은 허리로 골목길을 걸어가신다. 비는 내리고, 안타까운 나의 눈길은 엄마를 따라간다. 엄마 생일날, 엄마가 집에 도착할 때까지 전철역에서 내 발은 떼이지 않았다.

어쩌다가 높은 곳에 별을 걸어두었니

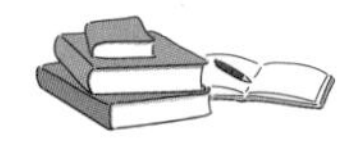

겨울 햇살인데 너무 밝아 아프다. 두 뺨에 닿는 햇볕이 쓰리다. 저물기 전에 물기 많은 눈이 내렸으면 좋겠다. 후회되는 것들에 대한 섭섭함을, 자괴감을 눈이 다 덮어 주고 밀어내 주었으면. 아니, 비가 내렸으면 좋겠다. 의심으로 흔들리는 마음을 말끔히 쓸어갔으면 좋겠다. 다시 새로움으로 가득 채워져 애정 역인지 미움 역인지 분간이 안 가는 이 혼돈의 시간에서 벗어났으면. 오늘따라 목을 꺾어 올려다본 하늘이 시리도록 슬프다. 하늘에 쓴 애정의 문장이 다 지워진 걸까. 영원인 줄 알았던 애정이 어딘가에 덜컥 이별을 숨겨두었는지 이렇게 두렵다. 내가 깊게, 선명하게 써둔 이름 세 글자가 삭제될까 봐 겁이 난다.

시나브로 그리움이 깊어간다. 시나브로 내가 깊어간다. 오늘이 지나면 이 그리움도 추억이 될 테니. 다시 흔들리는 필체로 그리운 이름 세 글자를 정확하게 써 두어야지. 하늘에다가…. 빙글빙글 웃는 얼굴이 아릿하게 보인다. 다시 본연의 나로 돌아와 헐거워진 마음을 다잡고 모든 것이 넘치도록 풍만해서 행복했던 그날, 그곳을 탐닉해야지.

그리움을 토해내는 순간 어느 시인의 간절한 문구가 생각난다. "인생에는 면제가 없다. 반드시 해야 할 것이 오고야 만다. 지금 견디기가 너무 어렵다면 다리 건너기라고 생각하라." 그래, 세상의 예법이 허락한다면, 무례하고도 난폭한 욕망을 밀쳐내고 나면, 삶의 구절구절이 절박하다 보면 다다르겠지. 이렇게 내가 시나브로 깊어가면서 좋아지는 것처럼 언젠가는 마주하겠지. 어느 시골 섶다리를 지나다가, 빌딩 숲속을 지나다가, 그도 아니면 지하철 안에서라도 만나겠지. 모든 길 위에서 마음을 찾는 피폐한 육신아, 너는 어쩌다가 높은 곳에 별을 걸어두었니? 너는 어쩌려고 어리석은 욕망을 저렇게 많이 쌓아두었니? 어찌하려고. 괜찮아, 다 괜찮아. 저물어가는 하루와 어디에도 닿지 못했던 다리를 부둥켜안고 버티면 되겠지. 어떻게 되겠지.

살아있음을, 살아감을, 살아냄을 감사한다

나는 늘 기도한다. 떠오르는 태양을 볼 수 있어 감사의 기도를 한다. 길을 걷다가도, 아름다운 풍경을 보면 감사의 기도를 한다. 찬란히 하루를 밝히다가 스멀스멀 사라지는 석양을 보며 기도한다. 소중한 사람과 아름다운 곳에서 맛있는 것을 먹을 때도, 영화를 볼 때도, 혼자 쇼핑을 할 때도, 좋은 꽃향기를 맡을 때도 나는 감사의 기도를 한다. 두 발로 걸을 수 있어, 두 눈으로 볼 수 있어, 두 귀로 들을 수 있어, 코로 냄새를 맡을 수 있어, 지갑을 열어 물건을 살 수 있어, 지극히 평범한 일상을 건강하게 누릴 수 있어 감사의 기도를 한다.

아플 때나 힘든 일이 머물 때는 더 간절하게 기도한다. 왼손으로 오른손을 감싸며, 맞잡은 두 손을 가슴에 모은 채 눈을 지그시 감고 절박하게 기도한다. 견뎌 이겨낼 수 있게 용기를 달라고. 지치지 않고, 포기하지 않고, 꿋꿋이 견뎌 이겨낼 수 있는 힘을 달라고. 현명한 지혜를 달라고 기도한다. 견뎌 이겨내어 살아낼 수 있는 힘을 주심에 감사한다. 살아있음을, 살아감을, 살아냄을 감사한다.

계획서를, 반성문을 써내려가겠지

어떻게 알았을까. 계절이 지나가는 순서를, 겨울이 가면 봄이 온다는 것을. 누가 정해 놓았을까. 꽃이 피는 순서를, 매화가 지면 진달래꽃이 핀다는 것을. 겨우내 누워 있던 봄이 산과 들에서 기지개를 켠다. 따뜻한 햇살에 얼었던 땅이 녹고, 세상에 푸른빛이 감도는 걸 보니 봄이 오고 있다. 2월은 겨울과 봄이 서로 인사를 나누는 환승역. 첫사랑에 대한 은밀한 고백을 노래한 쇼팽의 피아노 협주곡 1번도, 파릇한 생동감을 안겨주는 슈트라우스의 봄의 왈츠도 생기를 찾는다. 겨울이 봄을 이길 수 없는 법, 자연은 예정된 순서順序에 따라 흐른다.

가끔 꽃이 피고 지는 순서가 바뀐다면 어떨까. 순서가 흔들린다면 순간의 희열이, 타성에 젖은 일상을 깨워주겠지. 넉넉한 성찰을 하며 한 번은 반성문을, 한 번은 계획서를 길 위에 써내려가겠지. 오늘처럼. 프로스트의 시 〈가지 않은 길〉에도 나오듯 아무리 잘 살아도 돌아보면 후회는 남는 법. 지나온 내 삶의 궤적을 돌아보면 조금 부족한데도 너무 많이 모자란다고 생각하고, 이 정도면 충분한데도 더 채우려 욕망했다. 적당함이 애초에 없는 것인지도 모르지만, 그 넘침과 모자람의 정확한 경계를 깨닫지 못했다. 모두가 부족하거나 한참 모자랐던 기억뿐, 욕망이 가득 찬 내 마음을 부정할 수가 없다.

그대들 덕분에 나 참 멋지게 살았어

오랜만에 시간의 허물이 남겨둔 추억의 그림자를 껴입었다. 따뜻하다. 그 따뜻한 온기를 기억하니 더 치열해진다. 애써 막아둔 기억, 묶어둔 시간을 풀고 있다. 나다운 멋진 앤딩 인사를 위해. 어떻게 앤딩 인사를 해야 할까? 나의 마지막 앤딩 단어는 무엇일까? 여러 고민이 헤엄치고 사유하는 동안 무수히 많은 사람이 왔다 간다. 누구라고 콕 집어 말할 수 없지만 모두가 소중하다. 함께 웃고 울어 에너지를 얻었다. 심장이 춤출 정도로 즐거웠던 날들도 많았다. 나도, 함께 한 그들도 좋은 앤딩이었으면. 멋진 그날을 위해 다시 희망 속으로 들어간다.

지금까지 성공을 향해 줄달음쳤다면, 이제는 평안히 머무

는 곳으로 나아가리라. 보들레르가 한 말처럼 항상 무언가에 취해 있으리라. 일이든, 사랑이든, 기쁨이든, 고통이든, 내가 좋아하는 것이든, 내가 싫어하는 것이든 내게로 온 그 모든 것들을 마음으로 껴안고 푹 취하리라. 시간의 노예가 되어 우울하지 않으리라. 쓸데없는 걱정으로 나를 괴롭히지 않으리라. 생이 끝나는 날까지 내게 머문 모든 것을 온전히 사랑하리라. 가장 멋진 앤딩 인사를 하리라. '그대들 덕분에 나 참 멋지게 살았어'라고.

나는 이별하는 법을 모르는데 이별하고 있다

첫눈이 내렸다. 첫눈치고 폭설이 내려 도심의 길들이 질척거리고, 눈발에 무거워진 가로수가 휘어진다. 단풍이 흩어지기 전에 느닷없이 찾아온 겨울 손님, 첫눈은 온전히 겨울을 물어다 놓았다. 이별을 미루던 가을은 야금야금 서슬 퍼런 발걸음으로 점령하는 겨울에게 자리를 내어 주었다. 춥게 웅크리며 추락하던 낙엽도 흩날리며 산으로 돌아갔다. 취해 비틀대는 고독이 첫눈과 함께 배달되었다. 기척도 없이 누가 내 안을 왔다 간 듯 소란하다. 나는 이별하는 법을 모르는데 이별하고 있다. 흔들리는 동공에 잡힌 세상은 온통 무채색 밭이다.

세상은 색 고운 수채화의 옷을 벗어던지고 결 고운 수묵화의 옷으로 갈아입었다. 가을은 꺼지기 전의 마지막 불꽃처럼 타오르다가 형형색색의 사연들을 다 토해내지 못하고 쓸쓸하게 떠났다. 미처 떨어지지 못한 붉은 잎이 애잔하다. 이렇게 불쑥 무엇 하나 내 가슴에서 빠져나가니 세상 한 곳이 환하다. 곧 동토의 빙하 같은 색을 머금은 채 푸른 안개로 덮일 것이다. 시간은 존재감을 드러내며 세상을 뒤흔들 것이다. 누구에게는 결실로, 누구에게는 상실로 각자의 기억 속에 머물 것이다. 머지않아 가슴을 후려치는 삭풍과 눈보라가 몰아칠 것이다. 흐드러지듯 흰 날갯짓으로 시선을 강탈할, 눈의 춤도 보게 되리라.

간격의 미

두 장의 영화 티켓을 선물 받았다. 그리움에게 전화를 걸다가 마지막 버튼을 누르지 못했다. 혼자서 영화관에 갔다. 빈 자리에는 유효기간이 얼마 남지 않은 그리운 영혼을 불러 앉혔다. 함께 있으면서도 함께하지 않는 존재가 아니라, 당장 함께하지 않아도 함께하는 그런 존재를 내 옆에 앉혀두고 영화를 보았다. 혼자이지만 둘인 것 같은 느낌이었다. 편안했다. 영화를 볼 때마다 느끼는 건 오프닝 장면이든, 앤딩 장면이든, 아니면 배경음악이든 절대적인 희망이 있다. 오늘도 영화의 마지막 장면이 가슴에 무언가를 새긴다.

어쩌면 사랑한다는 것도 일종의 그리움에 대한 막연한 동경인지도 모른다. 아니, 산다는 것 자체가 그리움이 아닐는지. 오늘을 열심히 사는 것도 내일의 그리움을 만들기 위해서가 아닐까. 내일, 모레, 그다음 날에도 어제 열심히 모아놓은 그리움을 그리워하며 살겠지만. 그리움, 그것은 손이 닿지 않는 것에 대한 갈망이다. 보고 싶어 애타는 마음. 그러나 그리움도 때로는 존재와 존재 사이에 메울 수 없는 헛헛한 여백이다. 아무리 사랑해도 그 깊은 속내를 다 들여다볼 수는 없기에 사람과 사람 사이, 사랑과 사랑 사이에는 그들이 길을 따라 흐르도록 여백과 간격을 터 두어야 한다. 사랑이, 그리움이 오갈 때 편히 숨을 쉴 수 있도록.

나무는 처음으로 돌아갔다

곧 12월이다. 아름다운 추억, 슬픈 기억, 아쉬움, 새로운 희망을 뿌려놓고 서서히 한 해가 저물고 있다. 그럴듯한 계획을 세워놓고도 실제로 하고자 했던 것들이 정녕 무엇이었나를 고민해볼 때다. 대단한 사명을 안고 세상에 온 건 아니지만 올바르게 이루고자 했던 것들을 점검해 볼 때다. 자신과의 약속을 얼마나 정직하게 지켜왔는지도 따져볼 때다. 봄바람처럼 부드럽게 살랑이던 설렘의 날은 얼마던가를, 여름 소낙비처럼 고통을 온몸으로 맞아야 했던 날은 얼마던가를, 가을 하늘처럼 맑디맑은 기쁜 날은 얼마던가를, 짙은 회색빛 겨울 하늘 같은 고독한 날은 얼마던가를 곰곰이 따져보며 반성하고 칭찬하고 응원할 때다. 충실하게 지혜롭게 행동할 때다.

나무는 봄날에 품었던 소망을 다 이루고 처음으로 돌아갔다. 그들이 온 곳, 흙으로 돌아갔다. 그 많던 잎들이 인연을 다하고 떠났다. 부활하기 위해 깊은 휴식에 들어갔다. 추위와 어둠 앞에 납작 엎드려 있어야 다시 찬연한 봄을 맞으니까.

★ ★ ★

춤추라, 아무도 바라보고 있지 않은 것처럼.
사랑하라, 한 번도 상처받지 않은 것처럼.
노래하라, 아무도 듣고 있지 않은 것처럼.
일하라, 돈이 필요하지 않은 것처럼.
살아라, 오늘이 마지막 날인 것처럼.

알프레드 디 수자

혼자 가는 길

가을이 문턱 가까이서 춤추는 새벽 2시, 혼자 깨어 헤르만 헤세의 시 〈Allein〉을 읽었다. 서른 즈음부터 얼핏 설핏 읽다가 지금은 영원한 동반자처럼 내가 즐겨 읽는 시가 되었다. 나이가 들어가면서 더욱 폐부 깊숙이 파고든다. 아마도 나이가 든 탓이리라. 지나온 생을 돌아보면 헤세의 시에서도 나와 있듯 누구나 첫걸음을 혼자서 떼고 나면 때로는 말을 타고 가기도 하고, 차를 타고 가기도 하고, 먼 길을 홀로 견디며 가기도 한다. 물론 가다가 다치기도 하고, 두려워 멈추어 서서 있기도 하고, 죽을 만큼 힘들어 숨어 울 곳을 찾아 쪼그리고 앉아 많이 울기도 한다. 그럼에도 아무 일 없듯이 다시 세상으로 나와 허허 웃으며 아침을 맞는다.

이제 삶의 중턱, 살아온 날보다 살아갈 날이 많지 않으니까 보인다. 세상도 보이고, 가족도 보이고, 이웃도 보이고, 친구도 보인다. 다 내려놓으니 편안하다. 다 내려놓으니 이제는 모두가 애틋하다. 사소하지만 나를 섭섭하게 했거나 힘들게 했던 일까지 이해되고 용서된다. 시에서도 나와 있지만 누구의 생이든 '첫걸음도 혼자, 마지막 한 걸음도 혼자'이어야 한다. 혼자여서 고독하다.

누구나 고독한 존재

생각해보면 중요한 결정을 혼자서 결정해야 하고, 본질적이고 치명적인 사실은 마음속에 감추기도 한다. 가족에게도 숨길 수밖에 없는 비밀이 있고, 친구들과 나누지 못할 어려운 상황이 더러는 있다. 그래서 더욱 처절하게 고독한 것이 인간인지도 모른다. 그러나 고독이 쓰나미가 되어 덮치기 전까지 내 안의 순수한 '나'라는 나침반이나 방향키가 있기에 정신을 차린다. 고독을 통해 위기를 체험하기도 하지만 그 혼란의 파도가 가라앉으면 한 단계 성숙해져 반듯한 통찰력을 갖게 된다.

생의 독립과 자존은 숙명이다. 물론 더불어 부대끼고 서로에게 도움을 주지만 역설적으로 생각한다면 고독하고 독립적인 존재이기 때문에 서로 의지하며 돕는지도 모른다. 고독은 스스로 감당하는 지능과 통찰력이 있기에 버거워도 견디게 되는 것이다. 스스로 지나온 시간을 돌아보고 앞으로 나아갈 길을 찾아 한 걸음씩 나아가는 것이다. 한 걸음이든 두 걸음이든 타인과의 관계를 생각하며 행동해야 하기 때문에 고민하는 것이다. 그래서 관계 속에 혼돈과 번민과 갈등이 끊이지 않는 것이다. 그럼에도 스스로 고독한 존재라는 것을 인정하며 그 외로움을 홀로 극복해야 생을 아름답게 승화시킬 수가 있는 것이다.

소름 끼치도록 아름다운 날들은 몰락할 것이다

나를 속박하던 키 큰 욕망이 힘을 잃고 떠났다. 허영이 가득 찬 무작정의 질주도 끝이 났다. 나는 비로소 자유를 얻었다. 하얀 눈 이불을 껴안고 맘껏 뒹굴었다. 선무당의 주문처럼 그들은 떠났다. 내 살을 뜯어 먹던 것들이 시베리아 숲으로 떠났을까. 햇살은 나에게 어떤 무게도 싣지 않고 토닥인다. 오랜만에 나는 햇살과 눈 맞추며 인사한다. 깊숙이 뿌리를 내리는 새로운 씨앗을 향해 바람도 몰아친다.

머지않아 목화솜 같은 하얀 꽃가루가 흩날릴 것이고, 순순한 그날이 오면 다시 붉게 활활 타오를 것이다. 호랑가시처럼 단단한 어둠이 새 길을 열고, 익숙한 발자국들이 꾸준히 길을 밟으며 넓힐 것이다. 바람에 흔들흔들 춤을 추다가도 으

르렁거리며 나를 깨울 것이다. 돌처럼 단단해진 낮은 욕망이 얼굴을 드러내며 웃을 것이다. 꽃이 된 적이 없어 시들어 보지도 못한 것들이 거친 숨을 내뿜으며 비로소 낮은 욕망의 꽃을 피울 것이다. 씨앗에서 줄기로, 줄기에서 꽃으로 다부지게 색을 만들고 향을 만든 생명 하나, 둥글게 부푼 것들을 모아 뜨겁고 환한 햇살에 놓을 것이다. 금빛 햇살 뭉친 길 위에서 한 시절 너푼너푼 춤추다가, 편안히 기웃거리다가, 햇살 타고 흐르며 저 회색의 강을 건너 태어난 곳으로 가닿을 것이다. 무수한 사연이 적힌 마지막 책장은 덮일 것이다. 세상에 풀어놓은 언표를 선명히 해독하는 날이 오면, 소름 끼치도록 아름다운 날들은 느리게 몰락할 것이다. 지상의 화려한 불을 모두 끄고 평화롭게 잠들 것이다.

저 하늘의 붉은 달이 웃고 있는 것처럼

폭우 속의 길을 홀로 빠져나오니 세상이 온통 흑백 천국이다. 밤이 되니 도심은 현란하게 사상처럼 빛나고 저 하늘의 붉은 달은 울고 있다. 나는 흰 벽을 사이에 두고 부유하는 몇 개의 어휘를 모은다. 하얀 백지를 채우는 어휘들, 모두 마음의 걸음이다. 한 걸음 두 걸음 모아 그곳으로 간다. 해 붉은 시골길을 맨발로 걸으며, 한 잎 두 잎 꽃잎을 떼며 암울했던 날들이 지나가기를 염원했다. 얼마큼 지나갔을까. 죽도록 아파 까맣게 타버린 심장이 뚫린 구멍 사이로 훤히 얼굴을 드러낸다. 견딜 만큼 아파 이제는 괜찮다. 따끔거리지만 빛이 난다.

이제야 내가 운다. 두 눈에 눈물샘이 마르면 잊을까. 이윽고 다 잊힐까. 저 하늘의 붉은 달이 웃고 있는 것처럼, 아마도 암울했던 날들은 언젠가는 추억이 되리라. 이 글을 마칠 때쯤이면 추억하며 웃고 있으리라. 나직한 숨결 타고 흐르는 암울했던 시간을 불러 취하도록 추억하리라. 다만, 발목 깊이 쌓여가는 생 아래로 죽은 시간은 펄럭일 것이다. 지난했던 추억의 입술 위에 찬연한 미래의 입술을 포갤 것이다. 암울했던 지난날을 뜨겁게 입맞춤할 것이다. 단연코 미래로 나아가기 위해 서랍 속에 넣을 것이다. 한 번 들어가면 나올 수 없는 그 서랍 속에 넣을 것이다. 암울한 시간에 마음을 뺏기지 않도록. 달빛 받아 선명하게 새길 것이다. 그리고 있는 힘껏 나는 활짝 웃을 것이다.

가난이 울던 날

2008년, 서울 하늘은 넓은데 내 하늘은 자꾸만 작아진다. 발산동 하늘이 몸에 닿을 것만 같다. 어제 점심, 저녁 두 끼를 굶고 서랍에 고이 모셔둔 금붙이 몇 개를 손수건에 돌돌 말아 말없이 집을 나섰다. 지하철을 타고 광고 빌딩 숲을 지나 종로 보석가게를 들어가 몇 번 걸어보지도 않은 소중한 목걸이와 팔찌를 미련 없이 보냈다. 그 돈으로 밀린 공과금을 내고 남대문시장을 들렀다. 아이가 좋아하는 삼겹살도 사고, 내가 좋아하는 만두도 샀다. 포장마차에 들어가 1,500원 하는 떡볶이를 사서 먹고, 너무 매워 뜨거운 어묵 국물을 두 컵이나 마셨다. 매운 내 삶을 넘기듯 하늘을 보며 새처럼 넘겼다. 눈물이라도 쏘아져 내릴 것 같은 내 작은 하늘. 시청역으로 가는 내 걸음이 외로웠다. 집에 도착해서 삼겹살을 구워 만두랑 상을 차렸다. 아무것도 모르는 어린 소녀는 만두를 집어 먹으며 "엄마 월급 들어왔어요?"라며 꽃웃음을 피웠다. 나는 아무 일 없는 듯 태연하게 환한 웃음을 보였다. 소녀의 밥 위에다가 노릇하게 구운 삼겹살을 정신없이 올려주었다.

바깥에서 우는 소리가 들리는 것 같아 문을 열었다. 문 밖에서 뛰어놀던 가난을 불러 찬 땅바닥에서 울고 있는 그를 품에 안고 토닥였다. 뜨거운 흰쌀밥에 삼겹살과 만두를 챙겨 먹였다. 잘 자라면 오래지 않아 떠날 테니까. 붉게 타오르던 아침 해도 차렷 자세로 떠날 준비를 하는 것 보면, 지금 내게로 와 울고 있는 가난도 언젠가는 떠날 테니까. 나는 울지 않도록 든든히 챙겨 먹였다. 굶주린 배를 훈훈하게 채우고 기분 좋게 드러누웠던 저녁, 여전히 아픈 기억으로 떠 있는 가난이 울던 그날을 잊을 수가 없다.

가장의 생生

버스에서 내리자마자, 슈퍼에 들러 아이가 좋아하는 귤을 샀다. 비틀거리며 걸을 때마다 아이의 웃는 모습이 떠오른다. 검은 비닐봉지에 담긴 새콤달콤한 귤이 급한 마음에 널뛰기를 한다. 내 마음이 검은 비닐봉지에 다 담겼다. 가장으로 산다는 것, 일과 사람에 치여 가슴 미어지다가도 코끝에 와닿는 아이 냄새, 구수한 된장찌개 냄새에 무장해제되어 웃는다. 검은 봉지에 담긴 귤 몇 알을 내밀면 아이는 귤을 까먹으며 웃는다. 함께한다는 것, 함께 밥 냄새를 맡는 힘은 무한하다. 일상에 찌들어 천연스레 헛웃음을 지으며 힘없이 쓰러지다가도, 아이 냄새 하나로 훌훌 털고 일어난다. 포장 테이프가 깨진 유리창을 아슬하게 붙들듯 생의 스위치는 제멋대로 작동

한다. 깃털처럼 가볍게 오르다 가도 '쿵' 하고 추락한다. 그럴 때마다 지지대가 되고, 삶의 이유가 되는 것은 내 아이다. 편안한 웃음소리를 지켜내기 위해, 구수한 된장찌개 냄새를 지켜내기 위해, 익숙한 가족의 냄새를 오래도록 지켜내기 위해 나는 기어이 살아낸다.

웃고 울며 춤추며 수없이 널뛰기를 하면서도 아이의 힘으로 포기하지 못한다. 가장으로 사는 나는 늘 그렇다. 이루고 싶은 욕망, 이룰 수 없어 그저 꿈만 꾸어보는 욕망을 살아가면서 불태우듯 산화시켜야 한다. 마지막 숨을 토해낼 때까지. 때로는 화려하게 솟아오르는 폭죽처럼, 때로는 쓸쓸하게 꺼져 가는 장작불처럼 반복하여 솟아오르다가 꺼져 가는 것이다.

깎이고 깎이면서 동그란 내면을 움켜쥔 몽돌

이삿짐을 정리하다가 우연히 책상 서랍에 숨어있는 몽돌 하나, 두 눈을 가득 점령한다. 잊힌 기억들이 순서 없이 터져 나온다. 결빙結氷된 기억들이 해빙解氷으로 무장 해제된다. 모가 나지 않고 둥글어 몽돌이라 부르는 동글동글한 푸른빛의 돌, 억만년의 세월에 씻겨나간 탓인지 동글동글, 반들반들 아기 피부처럼 보드랍다. 여전히 수십 년 전의 비릿한 내음이 남아 있다. 푸른빛 동그란 몽돌 하나 줍기 위해 차가운 강물 속으로 들어갔던 그날, 마음을 끌어당긴 돌 하나 줍기 위해 강 속을 걷다가 뾰족한 것에 발바닥을 찔러 피가 났다. 나는 알았다. 포기라는 몹쓸 예감을 밀어내고, 귀한 하나를 갖기 위해서는 지독히 아파야 한다는 것을. 아파야 얻게 되고 살아

있음을 깨닫게 된다는 것을. 거센 비바람을 맞으며 깎이고 깎여진 동그란 몽돌처럼 삶의 잔인한 아픔과 모든 풍랑에 제 살을 깎아내야 존재에 대한 존귀함과 살아내는 선명한 이유를 발견한다는 것을.

지나온 시간이라는 궤적은 상처의 결을 뭉뚱그려 놓았고, 나는 알 수 없는 눈물을 흘렸다. 눈물은 너무나 따뜻했다. '내가 왜 살아야 하는지'를 깨달을 정도로. 지혜를 발견하기 위해 수없이 흔들리고 비틀거려야 했다. 생의 길이 끝난 곳이라 생각했던 곳, 마지막을 선택하기 위해 발 닿은 그곳에서 새로운 나와 선명한 나를 찾았다. 깎이고 깎이면서 동그란 내면을 움켜쥔 몽돌 때문에 나는 새로운 눈을 떴고, 나는 따뜻한 눈물을 흘렸고, 나는 미치도록 살고 싶은 찬연한 열정과 아프도록 살아내야 하는 이유를 깨달았다. 그리고 다짐했다. 새로운 길을 가리라고. 푹푹 발이 빠지면서도 부지런히 길을 내는 바람처럼, 나의 길을 만들어 가리라고. 상처의 결을 더듬고 보듬으며 나의 길을 가리라고.

마음속 선명한 풍경 하나를 끌어안으며 살아가고,
살아내며, 살아질 때까지 걸을 것이다.

[PART 3]

울고 있는 내 인생

살기 위하여, 살아질 때까지,
사라질 날을 걸을 것이다

하늘에 구멍이 났을까. 비가 내린다는 표현이 무색할 정도로 쏟아진다. 창가에 앉아있는 빨간 시클라멘 꽃잎에 빗방울이 달라붙는다. 마음속에 선명한 풍경 하나 걸어두고 나는 비를 맞고 있다. 마음까지 흠뻑 젖었다. 나는 날개 없는 천사, 그러니 두 발로 걸을 수밖에. 그 풍경 속으로 들어갈 때까지, 살아질 때까지, 언젠가 사라질 날을 걸을 것이다. 오롯이 홀로이 비를 섬기며 걸을 것이다. 살면서 절망을 먼저 배운 탓에 익숙한 절망의 힘으로 길이 끝나는 곳까지 걸을 것이다. 굳은살이 박히고, 새까맣게 흙 때 묻은 발바닥이 아프게 짓무르도록 걸을 것이다. 내가 살아 있는 한, 쉽사리 살아갈 수 없음을 알기에 아픈 발이 더 아픈 신발을 벗어 던질 때까지 걸을 것이다. 걷는 것이 죽도록 미안해질 때까지 걸을 것이다. 자괴감에 빠져 숨어 울지 않기 위해 나는 걸을 것이다.

무너지지 않겠노라며 아슬한 난간에 매달려 버티지 않을 것이다. 갈가리 얼어 터진 이 소중한 진실이 아무것도 아닌 진실이 되지 않도록. 무섭게 퍼붓는 비가 되어 내 마음, 내 육신, 몽땅 허락하여 걸을 것이다. 아무 데서나 불쑥 나타나 나의 손을 덥석 잡는 어둠을 이제는 용납하지 않을 것이다. 매번 심지처럼 그을리기만 하다가 비껴간 것들을 아쉬워하며 무너지지 않을 것이다. 주변을 서성이는 우연들을 잡아 모아 동그랗고 환한 나의 것, 찬란한 운명으로 만들 것이다. 더 이상 내가 슬프고, 슬픈 나를 지켜보는 내 안의 내가 슬프지 않게 할 것이다. 한 번은 누구처럼 마술의 주인공이 되어, 온 세상을 환희로 물들게 할 것이다. 저절로 내 마음이 나를 찾아와 웃음을 쏟아내도록 만들 것이다. 어느 날 내 마음이 나를 부를 때까지, 두 눈을 부릅뜨고 쏟아붓는 폭우 속을 걸을 것이다. 이 순간을 기억하기 위해 나는 11월의 달력 위에 이렇게 절박한 욕망을 기록해 두었다.

생의 팽팽한 대결을 이겨낼수록 햇빛이 너무 밝다. 세기말을 지나 휘황한 봄날이 오면, 풀썩 주저앉아 얼굴 묻고 울던 연약한 날들을 어루만질 것이다. 잘 살아냈으며, 당당히 잘 살아있음을 축하할 것이다. 선명한 풍경 앞에서 활짝 웃는 나를 위해 조금 힘들어도 괜찮다. 시간이 흐를수록 조금씩 괜찮아지고 있으니까. 반나절을 죽도록 걸으니 환하게 저문 저녁이 오고, 이렇게 쌉쌀한 선짓국밥을 땀 흘리며 먹을 수 있으니까. 습관처럼 쥐어온 남루한 고단을 내려놓을 수 있으니까. 음악을 고르고, 차를 끓이고, 책장을 넘기고, 화분에 물을 주며 느리게 수혈할 수 있으니까. 그래서 괜찮다. 마음속 선명한 풍경 하나를 끌어안으며 살아가고, 살아내며, 살아질 때까지 걸을 것이다.

헐렁해진 응어리를 깨물며 찬찬히 해가 뜨고

365일 죽도록 텍스트와 행간을 넘나들었다. 통장에 찍힌 선명한 숫자만으로 수고에 대한 보상이 확인된다. 어제와 달리 세상이 환하다. 오랜만에 두 팔을 벌려 껴안아 보는 너, 편안하고 딱 좋다. 이럴까, 저럴까를 수십 번 되뇌며 까만 터널에 갇혔다. 만날 추락하기만 하다가 모질게 견뎌 비상하는 일상, 결코 사랑할 수밖에 없다. 5평의 방, 노트북, 끝이 문드러진 테이블, 내 영혼을 갉아먹는 행간, 눈이 큰 아이, 이들이 내가 존재하고 살아가는 이유다. 오랜만에 먹어보는 외식, 된장찌개가 황후의 만찬 같다. 좋다. 막무가내로 좋다.

소녀가 웃는다. 나는 운다. 좋아서 반어적으로 운다. 그러면서도 소녀 앞에서 눈물을 보이지 말아야 하기에 서러운 이빨

로 입술을 깨문다. 그래도 눈물은 흐른다. 어느 날 차라리 가난을 자랑삼아 노래했다. 결핍이 태생적이고 운명이라 여기니 차라리 편하다. 수십 년을 싸구려와 함께 살아왔지만 저 앞에 두 팔 벌려 기다리는 고급진 미래가 있어 괜찮다. 아주 가끔 로또 터지듯 한 번씩 찾아오는 물질의 축복이 있기에 설렌다. 그것이 갈가리 얼어 터진 겨울 몸뚱이와 영혼을 녹인다. 아무리 언 산, 언 강이라 해도, 산이, 강이 얼어 터졌다 해도, 기다려야 한다고 말하지 않아도 멈추지 않고 기다리면 하얀 눈이 내려 모든 상처를 다 덮어준다. 기다리면 피멍 든 눈은 녹고, 산은 푸른 옷을 입고, 강은 유유히 흐른다.

살기 위해서

꿈을 꾸었다. 꿈속에서 할아버지에게 하얀 운동화를 선물 받았다. 늦은 오후에 걸려온 전화, 당선의 소식, 기뻐야 하는데 마음이 무거워진다. 취해 비틀거리는 가난, 이 고난의 사슬에서 벗어나지 못할 것 같아, 가난의 짐을 지고 먼 길을 가야 할 것 같아 우울하다. 20년 넘게 시를 쓰면서 절망이 턱 밑까지 에워싸면 눈물 젖은 빵을 입에 물고 도로를 가로질러 뛰었다. 홀로 능소화 피었다 지듯, 담쟁이 저 홀로 붉다 지듯 살기 위해 낮 바람, 밤바람 마셔 가며 혼자 걸어왔다. 조금 나아졌다, 괜찮아졌다 싶으니 온몸이 아프다. 다 받아들이고 감사하며 걸어가는 아득한 길, 긴 울음 모아 가슴에 여며둔다. 다시 열 손가락이 아플 것 같아 안쓰럽다. 손끝에 묻어날 낯선 어휘들이 부유한다. 부슬부슬 내려앉기 시작한 어둠 속으로 웅성거림이 들린다. 스멀스멀 자라나는 풀꽃 씨의 끝없는 경련, 연둣빛 싹이 트려나 보다.

새벽 4시, 교회에서 실핏줄만 한 빛이 기어 나온다. 어렴풋이 거울 속에 비친 내가 미세하게 떨린다. 뭉클한 무엇이 느껴진다. 세상은 고요하지만 나는 미세하게 열리고 있다. 세밀한 혈관 사이로 뜨거운 피가 흐르고, 나는 완전히 열렸다. 냄비에는 어제 들어온 인세로 마트에서 산 두부와 조갯살이 서로 섞이면서 끓고 있다. 한쪽에는 프라이팬 안으로 떠다니는 바다, 밀가루에 코팅된 고등어가 하얗게 익어간다. 잘 구워진 간고등어 살 한입 베어 문다. 궁핍이 뚜벅뚜벅 생선 냄새를 맡으며 집을 빠져나간다. 빈자리를 다시 수많은 어휘가 채운다. 톡톡, 행간을 춤추는 소리, 살기 위해서 나는 미래를 기웃거린다. 푸르른 나무가 울창한 숲을 찾아 어린 꿈 깔고 앉은 희망씨 하나 고이 품고 훈훈하게 타오르고 있다.

6번째 이사를 하며

이사를 했다. 벌써 6번째다. 이삿짐을 싸다 말고 20년 동안 함께 살아온 냉장고, TV, 장롱, 세탁기와 작별인사를 했다. 키 큰 행복나무, 담황색 꽃을 피우는 난초와도 작별인사를 했다. 미안한 마음에 손으로 만지니 괜찮다는 듯 푸르른 잎새가 흔들린다. 그러나 작별했다. 40년을 한결같이 살아내며 비굴한 낯짝을 보인 적도 없는데, 나의 권리는 오간 데 없고 여전히 의무만 가득하다. 처음에는 이런 내가 미웠다. 슬펐다. 그러나 시간이 지나니 덤덤해지더라. '시간이 지나면 좋아지겠지', '좋은 날이 있겠지'라고 생각했다.

견뎌내기 전에 지나가길 기다리고, 기다리다가 고통스러울 때는 깊게 숨을 들이켜기도 하고, 모질게 한 번 숨을 끊어도 보았다. 외로운 천형을 견디며 나에게 매달렸다. 아주 가끔 숨이 턱턱 막힐 만큼 외로움에 체할 때면 절반으로 쪼그라든 영혼 속으로 눈물 젖은 시간들이 접혀 있다. 몇 번이고 억울한 마음을 꼬깃꼬깃 접어 유서처럼 깊은 서랍에 숨겨두었다. 자괴감이 들 때마다 핏빛처럼 선명한 멍울이 맺힌 마음을 꺼내 읽는다. 어떤 것은 날아가 버린 듯 메케한 종이냄새 뿐이다. 어떤 것은 만지니 바스락거리다가 스러진다. 마음도 학습되어선지 짙어지고 옅어지면서 견디고 있었다. 그러니까 살아내다 보니 견딜만하더라. 살다 보니 좋아지더라. 쓰러지고 다시 일어나고, 그렇게 길들여지니 뭉툭해져 웬만한 것에 찔려도 아프지 않더라.

그러나 아프게 미안하게 다가오는 단 한 사람이 있다. 내색하지 않으며 혼자 감당하며 견뎌내는 소녀에게 미안하다. 기댈 힘이 되어주지 못해 더 미안하다. 소녀를 보면 아프다. 그가 아프면 나는 외롭다. 그가 아프면 나는 슬프다. 웃는 소녀가 고맙고 예쁘다. 소녀와 함께라서 좋다. 곁에 있어도 보고 싶다. 그래서 손을 꼭 잡는다. 많이 아픈 내가 덜 아픈 소녀의 손을 잡는다. 소녀의 힘으로 나는 일어난다. 소녀와 함께 웃는다. 더 많이 웃기 위해 나를 끌고 다녔던 여러 개의 욕망을, 나를 끌고 다녔던 모든 의심을 던져버렸다. 이제부터는 소녀를 위해 가방 하나를 메고, 하나의 신념으로 가리라. 노랗게 물든 은행잎을 자세히 들여다보며 문신처럼 또렷한 발자국을 새기리라.

아무리 먼 길도 반드시 끝이 있고,
아무리 어두운 밤도 결국은 동이 트게 되어 있다.

The longest day must have its close
the gloomiest night will wear on to a morning.

해리엇 비처 스토

언제 툭, 끊어질지 모르는 시간의 다리를 건너며

뙤약볕에서 하늘을 받쳐 이고 사는 벼 이삭처럼 지나온 생은 서럽도록 치열했다. 그 치열함은 내게 무엇을 선물했을까? 반평생을 살았지만 아무리 생각해도 손에 쥔 것이 없다. 나의 충만한 집중에도 불구하고 소속도, 돈도, 대단한 명예도 나와는 거리가 멀었다. 그냥 가난한 시인이다. 열심히 살았는데 가난하다는 것, 물론 내 책임이다. 남들 미친 듯이 돈 벌 때, 나는 뭘 했는지. 무슨 생각을 하며 살았는지. 내 생은 불안불안, 간당간당 한도 초과였다. 다 내 탓이다.

지금 내가 가장 싫어하는 말은 '젊었을 때 고생은 사서 한다'이다. 나이 들어 고생하며 겪는 정신적 낭비가 안타깝다. 더 이상의 고생은 피해야 하는데. 물질의 자유부터 찾아야 하는데. 평범하게 살아갈 권리를 찾아야 하는데. 글 쓰는 일에 온전히 집중하고, 그 보상으로 밥을 먹고 잠을 자고 가끔 여행할 수 있어야 하는데. 이 모두가 절박한 희망사항이 되었다. 결핍이 생활이 되고 보니 욕심도 없어지고 무엇이든 그저 친숙한 것을 찾게 된다. 별다른 일이 일어나지 않고, 내게 익숙한 모든 것이 제자리에 있는 것, 그대로를 지키고자 애쓴다. 지금보다 더 좋아지기를 기대하기보다는 지금보다 나빠지지 않기를 바랄 뿐. 남아있는 시간이 별로 없는데, 언제 툭, 끊어질지 모르는 시간의 다리를 건너고 있다.

나의 선택이 좋은 선택이라는 것을 증명할 시간이다. 좋아하는 것을 꾸준히 할 수 있는 체력과 잘 해낼 건강한 정신을 유지하면서. 스스로 실망하지 않는 하루를 보내는 것. 생각한 만큼의 하루치 건강함을 실천하고, 생각한 만큼의 하루치 창작활동에 충실하며, 생각한 대로 하루치의 온전한 시간을 살아야 한다. 물론 더 이상의 실패는 없어야 한다. '나는 할 수 있다'라고 노트에 한 줄 적어 놓고 내일을 기다리는 이 밤, 가을볕 투명한 햇살을 받으며 환한 길을 밟기를. 억새꽃 하얀 길을 걸을 수 있기를. 작은 희망을 이루고 목표를 이루고 권리를 찾아 환한 얼굴로 다시 태어나기를. 소소하게 누리며 기뻐하기를. 오늘은 유난히 기도와 다짐의 시간이 길었다.

[살다 보니 알게 되더라]

살아갈 자신이 없어 주저앉아 울고 있을 때
사랑하는 가족이, 웃으며 손 한 번 잡아주면
힘이 나더라.
"나도 그랬어, 실컷 울어"라며
등을 토닥여주면 위로가 되더라.

하는 일마다 어긋나 거리를 방황할 때
새벽시장에서 생선을 파는 아주머니
공사장에서 건축일을 하는 아저씨
하얀 벽을 맞대고 병마와 싸우는 아이에게서
견뎌 이겨내야 할, 살아내야 할 이유를 찾게 되더라.

더불어 사는 세상, 누구에게나 인연의 고리가 있어
가족이든, 친구든, 이웃이든,
한 번은 위로를 주고, 한 번은 위로를 받게 되더라.
한 번은 용기를 주고, 한 번은 용기를 받게 되더라.
한 번쯤 살만한 세상에 살고 있다는 것을 느끼게 되더라.
다 무너져도 단단한 신념만 있다면
다시 힘을 내어 살아가게 되더라.

죽을힘을 다해 살아내다 보면 다 지나가더라.
고통의 시간도 잘 살기 위한 과정이란 걸 알게 되더라.
지금은 괜찮지 않더라도, 서서히 괜찮아지더라.
옛말하며 사는 날이 있더라.
눈부시도록 좋은 날, 화려한 봄은 반드시 오더라.
살다 보니, 살아내다 보니 알게 되더라.

울고 있는 내 인생

살아있지만 살아있지 않아 죽도록 의문이 드는 날, 침묵마저 흔들려 아무것도 감당할 수 없는 날이 오면 진토닉 한잔으로 혼수상태에 빠진다. 억지로 벗어나기 위함이라기보다 시간에 허락해야 풀어지기에, 모든 시간에 맡기고 술에 푹 취한다. 나의 의지와 힘으로도 어쩌지 못하는 날, 내가 맘에 들지 않는 날에는 술의 힘으로 나를 결박한다. 내 앞에 멈춰 안부를 묻는 수많은 사연에 파묻혀 다짐하며 끌어안다가도 내려놓기를 수백 번, 그로 인해 늘 언저리에서만 맴돌았다. '이렇게 살지는 말아야지' 하면서도 이렇게 살아가고 있고, '날아올라야지' 하면서도 다친 날개를 치료하지 못해 주저앉았다. 홀로 숨어 울 곳을 찾아 웅크리고 소리 내어 울었다.

파도가 거칠게 몰아치는데, '노를 저어야지' 하면서도 밀려드는 외로움과 두려움에 홀로 바다 한복판에서 노만 움켜쥐고 또 울었다.

그렇게 죽도록 포도알 만한 눈물을 쏟아내고 나면 울고 있는 내 인생이 억울해서 기어이 일어난다. 지난했던 시간을 돌이켜보면 넘쳐나는 긍정, 착해빠진 겸손 때문에 늘 가난하고 쓸쓸했다. 체념으로 눌리다가도 그만큼 더 부푼 희망으로 몸부림쳤다. '이렇게 살아서는 안 되지, 독하게 살아야지' 하면서도 배려만 하고 양보만 하다가 큰 욕심 한 번 내어보지 못했다. 큰 다짐만 수천 번, 균형 잡는다고 또 수천 번 흔들렸다.

이렇게 계절이 바뀌고 벚꽃이 하얗게 피어난 봄의 정류장에 서 있다. 길게 줄지어 봄 버스를 기다리고 있는 행인을 다 태우고 빠르게 꼬리를 감추었다. 덩그러니 나만 남았다. 다른 봄 버스가 올 때까지 얼마나 더 기다려야 할까. 내가 괜히 못마땅하고 가엾어진다. 억지로 혼수상태에 빠진다. 술의 힘으로 망각의 늪에서 춤을 추었다. 얼마나 될지 모르는 기다림을 기다리며 혼수상태에 빠진다. 순식간에 빠져드는 블랙홀, 별들의 말간 눈빛마저 꽃이 되어 내리는 밤에 술이 달다. 술이 술을 마신다.

내 마음의 답

창밖에서 가늘게 들려오는 웅성거림, 아스팔트를 할퀴고 도망치는 자동차, 세상은 여전히 소란하다. 방향 모르고 앞만 보고 아스라이 달려온 길, 훌훌 털어 내려놓으니 더 이상 초라할 것이 없다. 도착하지 못한 곳, 얼마나 더 가야 할까. 체력이 닳아 안 아픈 곳이 없다. 포기하지 말아야 하는데, 이제는 몸이 말을 듣지 않는다. 렌토보다 더 느려진 나, 내가 할 수 있는 건 견딤과 성실뿐이다. 걷고 뛰고 힘껏 달리다가 다치고, 병원에 입원하고, 그렇게 쉬면서 다시 아이처럼 아장아장 걷다가 입에서 단내가 나도록 뛰었는데. 아직도 여기에 머물고 있다. 책상에 펼쳐진 성경 구절이 아른거린다. '내가 너와 함께 있어 네가 어디를 가든지 너를 지키며, 내가 네게 허락

한 것을 다 이룰 때까지 너를 떠나지 않으리라.'

치솟는 슬픔에 눈을 감았다. 마음을 다잡으며 기도해도 선명해지는 답은 하나뿐. 아무것도 떠오르지 않는다. 마지막 단 한 번의 맥박이 뛸 때까지 최선을 다하라는 것. 검은 커튼이 내려지더라도 마지막 한 줌의 힘이 소진할 때까지 더 애써보라는 것. 괜찮지 않은 오늘을 조금 더 괜찮은 오늘로 바꾸기 위해 지금보다 조금 더 애써보라는 것. 능력의 한계의 끝까지 가라는 것. 마지막 숨을 토하는 그 순간까지 가라는 것. 그것이 최선을 다하는 것이라고 내 마음은 모질게 대답했다.

내 하루는 소리 없이 죽어 가는데
그의 하루는 요란하게 산란하다

첫눈 밟듯 조심조심 살았지만 살아온 날이 어둑하다. 하고 싶은 대로 하고 살지 못해 억울해서일까, 아니면 하고 싶은 일이 여전히 많아서일까. 늘 울고 있는 내 인생이다. 어떤 날은 너무 많이 울고, 어떤 날은 화가 치밀었다. 살아갈수록 살아온 시간에 미안해진다. 어제 내가 사랑한 것들은 어디로 사라진 걸까. 충분히 아껴주지 못해서일까. 꿈속까지 찾아와 혼란스럽다. 안 아픈 곳이 없다. 밤새도록 여러 잔의 아메리카노로 고독을 견뎠다. 생각을 켜두고 잠들었다 깨었다를 수십 번, 밤새 천년의 시간이 빠르게 지나간 듯하다.

놓친 것인지 빼앗긴 것인지 모를 소중한 것에 대한 애착 때문에 몸이 아프고 마음이 무너져 내린다. 일어서기도 버겁다.

두 발로 걸어서 풀밭을 밟을 수 있을까. 내가 아프니까 모든 게 아파 보인다. 아픔은 몸이 먼저 인식한다. 몸이 아프고 마음이 아프면 하찮은 것에도 흔들린다. 어제 무심히 꺾었던 장미꽃도 아프단다. 나의 잘못으로 피해를 준 것 같아 미안하다. 수십 명의 인연을 소환하여 안부를 묻는다. 아프니까 모든 것이 유예된다. 가늘게 떨고 있는 생의 찬기가 방안 가득하다. 아직 마르지 않는 불안감이 한꺼번에 진지하다. 눈가가 촉촉해진다. 앞으로 벌어질 무수한 일들이 밀려왔다 쓸려간다. 이쪽저쪽의 일들이 서로의 얼굴을 쓰다듬으며 시간을 포갠다. 잡았다가 놓아주고, 밀었다가 당기기를 반복하며 존재감을 찾아간다.

번화한 도시에 나 홀로 우울해도 세상은 시리도록 환하다. 나는 죽을 것 같아도 세상은 아무 일도 없는 듯이 평화롭다. 내 하루는 소리 없이 죽어 가는데 그의 하루는 요란하게 찬란하다. 시간이 흐를수록 그리운 것들에 대한 미련이 깊다. 누가 먼저 외면했는지 명확하지 않지만 나는 여전히 추억한다. 몸살이 나도록. 너무나 애틋했던 그날들이 아리듯 가슴에 파고든다. 아름다운 것들은 한순간이었다. 오늘따라 "괜찮아질 거야"란 말이 싫어진다. 세상에서 가장 잔인한 말로 들린다. 내가 아프던, 아프지 않던 시간은 침묵으로 가르치며 깨닫게 한다. 이 아픔을 견뎌내어 살아내도록. 기다리며 순응하라고, 아직 만나지 않은 더 아름다운 무언가를 발견할 때까지. 가혹하도록 지독하게 가르치고 가르친다.

이제 곧 도시에 저녁이 내리면 태양은 노을로 하루를 씻을 것이다. 땀에 축축이 젖은 구두는 곧 벗겨질 것이고, 기억의 윤곽에서 불붙던 빛도 서서히 버려지기 시작하며 경계를 허물 것이다. 비릿한 시간은 잃어버린 것을 찾아 부유할 것이다. 바쁜 걸음으로 분주해진 거리에는 깊어진 눈빛으로 땅을 바라보며 걷는 검은 그림자들이 줄지어 설 거다. 전등 아래 부유하는 먼지들의 빛 속을 도망 나온 말들이 유치되어 있을 것이다. 그 위를 어떤 가로등 불빛이 애썼다는 듯 쓰다듬어 줄 것이다. 숨어서 우는 내가 흘린 아픈 말도 그들과 조우하여 다시 밝은 곳으로 걸어갈 것이다. 욕망과 상처를 잘 다스려 스스로 걸어갈 것이다. 웃음 상자 하나 들고 아침 햇살 속으로 걸어갈 것이다. 살아온 날들이 살아갈 날들에게 그렇게 바랄 것이다.

붉게 터지는 눈물샘, 부서져 내리는 나의 흰 뼈

한 통의 씁쓸한 전화에 예정에도 없는 길을 나섰다. 바람마저 피곤하다. 습기 가득 머금은 더운 바람이 몸을 덥힌다. 바람에 데워진 햇빛은 비상하고, 한쪽 날개 꺾인 몸은 비를 토해내기 직전의 구름을 머금은 듯 무겁다. 비바람에 제 무게를 감당하지 못해 후드득 떨어지는 빨간 자두처럼 이마에서 얼굴, 가슴을 지나 다리까지 슬픔이 한계를 초월했다. 날개 꺾인 천사라 전신을 감싸는 현기증에 몸은 오그라들고, 바람은 집과 다른 방향으로 나를 내몰고 있다. 지워지고 있는 하나의 길, 이제는 날아갈 수 없는 그 길을 애타게 바라보고 있다.

바람 타고 빠르게 망각이 점령하고 있다. 붉게 터지는 눈물샘, 부서져 내리는 나의 흰 뼈, 심한 몸살 끝에 찬물 한 사발

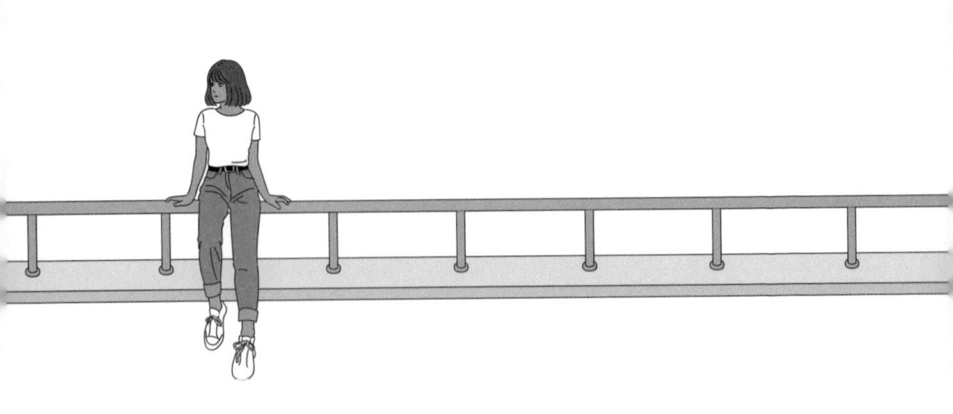

들이켠다. 정신이 번쩍, 이렇게도 거뜬히 허기진 세상을 살아 낸다. 빨간 자두에 매달린 햇살이 달려나간다. 피다만 6월의 장미는 지친 듯 말라 있고, 아랑곳없이 골목길은 다시금 환하게 저문다. 목마른 나이테는 서서히 말라가고, 까맣게 젖어 있는 마음속 그림자, 다치고 꺾인 한쪽 날개를 아무리 애무해보아도 깊디깊은 상처는 비린내 가득하다. 치유하고 툭툭 말려, 제 살갗 드러낼 날은 언제일까.

하나를 버리기 위해 모든 것을 포기했던 날들

돌아보면 하나를 버리기 위해 모든 것을 포기했던 날들이었다. 죽을 만큼 싫어 반대 방향으로 걸었다. 멀어져 간 것들이 나를 찾을까 봐, 더 먼 곳으로 이주했다. 방향도 반대로, 거리도 아주 멀리, 오래전 그 기억의 속도보다 잰걸음으로 걸었다. 이제 기억할 수 있는 건 희미한 이름 세 글자뿐, 다행히도 그 이름 세 글자가 낯설다는 거다. 아름답지 않은 기억, 더럽고 비루하도록 추한 기억을 지웠다. 추억이 되기 전에 망각의 힘으로 삭제했다. 기억이 떠오르는 속도보다 더 빨리 움직였다. 빨리 밀어내고, 빨리 걷고, 빨리 몰두했다. 느리다가는 휘청거리게 될까 봐, 휘청거릴 때마다 기억이 파고들까 봐, 발이 멈추어선 자리에 옛 그림자가 서성일까 봐, 영혼까지 예전의 그 자리로 돌아갈까 봐 죽도록 애를 썼다. 비루하도록 추한 기억이 휩쓸고 간 자리에는 피폐하고 사악한 문장들이 허공을 춤추었다. 그들의 부유를 보며 끝없이 유랑하고 환멸했다. 그리고 부끄러웠다.

그러나 이 잔혹한 역사는 반복되지 않을 것이다. 아니, 죽어버린 화초가 다시 꽃을 피운다 해도 나는 거부할 것이다. 더 이상 시간 속에 함께 살 수 없음을 분명히 할 것이다. 더 이상 마주하여 애틋한 눈빛으로 나누지 않을 것이고, 패브릭 소파를 치울 것이고, 머그잔도 버릴 것이다. 다가가려고 미친 듯이 만들었던 지름길도 밟지 않을 것이다. 무성한 풀이 자라 길을 없앤다 해도 아쉬워하지 않을 것이다. 매일매일 최면을 걸어 기억에서 멀어지게 할 것이다. 나의 기억 속에 너를 살게 하지 않을 것이다. 잔인하도록 내가 먼저 버릴 것이다. 하여, 그 치욕의 기억들을 삭제할 것이다.

괜찮다고 했지만 나는 괜찮지 않았다

또다시 어둠 속, 잘 보이지 않아 몸을 가눌 수 없다. 괜찮다고 했지만 나는 괜찮지 않았다. 흔들리다 삐걱댄다. 내가 흔들리다 삐걱대며 걸어간다. 길 찾는 내게 길은 말한다. 지나온 모든 길을 잊으라고. 별이 떨어진 길이든, 바람이 몰아치던 길이든, 살포시 하얀 눈이 내리는 길이든 다 잊으라 한다. 잊으려 하니 초롱초롱 빛나는 것들이 한꺼번에 다가온다. 내려놓으려 하니 초롱초롱한 슬픔이 눈물을 모은다. 지나온 길을 검은 물감으로 지우려 하니 한꺼번에 일어나 흔들리는 애잔한 추억들. 하얀 물결로, 파문으로 나를 에워싼다.

내 얼굴에 묻어있는 추억의 그림자, 무엇이 슬픈지 저녁의 포장마차로 들어가 먼저 앉는다. 나를 나로 보았지만 그 모습

이 싫어 어찌할 줄 몰라 했던 것. 나를 나로 보면서도 너무 어색해 절반의 사랑을 준 것. 옆 발자국 소리에 놀라 미리 나를 추락시키던 것. 스스로 배려하지 못해 아무렇게나 방목했던 것. 그 모두를 기도하며 반성한다. 그리고 감사한다. 사악한 독주를 들이키다 수차례 독을 토해내면서도 아무 일 없는 듯 햇살이 눈부신 아침을 바라볼 수 있어, 이렇게 창밖의 평화로운 풍경을 즐길 수 있어 나는 좋다. 감사할 것들이 많아, 아니 더 많아지기 위해 나는 날개를 접지 못하리라. 돌 같은 고집이 허름한 날개를 지탱하며 푸다닥거린다.

차가운 어둠과 반짝이는 빛의 경계를 자유롭게 넘나들면서 나를 붙잡고 늘어지던 사소한 걱정이 추락한다. 시도 때도 없는 서투른 기도 소리, 과장 없이 주문하는 구원, 성경의 말씀대로, 말씀처럼, 엎드려 간구하는 아멘의 외침으로 가난해질 것이다. 가장 낮은 곳임에도 겸손하게 눈물을 가두고 사는 땅처럼 낮은 곳에 있더라도 웃으리라. 내 안의 욕망을 고치고 고쳐 나의 것만 가지리라. 나만의 색과 결, 향기를 내보이는 꽃이 되리라.

생각들이 느린 걸음으로 행진한다

은둔 10년, 나를 감싸고 보호하기 위해 5평 남짓한 작은 공간으로 들어갔다. 수많은 감옥을 지어 나를 가뒀다. 다시 곱씹어 보아도 지난했다. 추운 곳, 몹시 추운 곳이기에. 나는 입술을 닫았다. 불안하지만 느리게 익숙해진다. 타오르다 붉은 테두리만 남긴 잔해들, 은둔 5년. '톡톡' 키보드 두드리는 소리, 포만감, 편안하다. 꿈이 찬란하면 무엇하리. 내 것이 아니면 소용없는 것을. 어리석게도 닿아보려 손 내밀었던 그 환희의 정원. 내려놓은 지 오래다. 수많은 텃새가 제 몸무게를 떨쳐내며 날아오르기를 수백 번 하는 동안 '톡톡' 키보드만 두드렸다. 목련, 장미, 단풍 그리고 동백이 피고 지기를 수십 번, 계절과 계절 사이를 오가는 수많은 먼지가 쌓여갔다. 바람은 먼지를 날리고, 빗물은 오염된 창문을 씻어 주었다. 그럼에도 나의 창문은 단 한 번도 열리지 않았다. 울다 지친 바람은 쉰 목소리를 내며 먼지를 안고 창문에 말라붙었다. 무섭게 쏟아지는 굵은 빗줄기는 수시로 경고를 보냈다.

모든 것들이 다 떠났는데 발목 잡힌 한줄기 바람은 차마 발을 떼지 못했고, 꽃들이 바람에 흔들리면 거울 속에 비친 내가 가늘게 휘청거렸다. 창문을 두드리는 소리가 들리지만 나는 닫혀있다. 창문을 열어 말문을 튼다는 것은 마음을 여는 것이기에. 마음을 여는 것은 내 목소리의 권리와 의무를 다하는 약속이기에. 그 결과에 대한 책임은 무섭고 두려운 것이기에. 나는 창문을 열지 않았고 입술도 열지 않았다. 습관적으로 '톡톡' 키보드만 두드렸다. 나에게 남은 꿈은 무엇일까. 닿기 위해 언제쯤 손 내밀까. 달콤하고 빛나는 것, 부드러우면서 감미로운 것, 아니, 내 심장을 쿵쿵 두드리는 것을 찾아 언제쯤 세상 속 환희의 정원으로 성큼성큼 나설까. 꿈이 날아오르려나 나목에 매달아 놓은 빨랫줄에 하얀 블라우스가 바람에 펄럭인다.

다시 은둔 10년, 보고 싶은 대로만 보고, 듣고 싶은 대로만 듣다 보니 외톨이가 되었다. 수 편의 작품이 탈고 되었지만 평화 속의 불안. 그러나 쉽게 빠져나올 수 없는 이곳. 여전히 몹시 추운 곳이지만 사랑하는 소녀가 있어 괜찮아. 눈물 비내리는 작은 동굴, 보름날도 아닌데 밀반죽처럼 둥근달이 하나 떴다. 우편함에 좋은 소식이 도착하려나. 수많은 생각이 느린 걸음으로 머릿속을 행진한다. 어둠이 창문을 통과하니 바깥세상은 분주하다. 모두가 두 눈을 덮고 쉴 시간이다. 꼬리를 문 자동차도 귀가를 서두르며 아스팔트를 미끄러져 간다. 살아 움직이던 길은 골목을 배회하던 것들에게 문을 열어준다. 넓게 드넓게 열리는 깨끗한 밤이다.

보리처럼 살 것이다

4월의 신부, 보리는 땅속에서 멍 진 시간을 즈려 밟히며 견딘다. 밟히고 밟혀야 뿌리를 내린다. 생도 마찬가지다. 쉬지 않고 흐르는 강이 되어야 한다. 살아서, 살아내어 흘러야 한다. 먼 훗날 땡볕 아래서도 한바탕 소리 내어 웃기 위해. 불가사의한 생의 환희를 찾아. 눈물 나는 인생이더라도 살아서 살아내자고. 살다 보면 괜찮은 날은 오니까. 눈이 웃고 귀가 즐겁고 입이 춤추는 날이 오니까. 세상이 싱그럽고 짜릿한 날이 오니까. 누리는 권리를 찾는 오늘 같은 날이 오니까. 이 평범한 일상을 위해 행간을 누비며 나는 빛보다 빠른 속도로 씽씽 달린다. 야무지게 맺힌 응어리가 헐렁해진다. 찬찬히 해가 뜨면서 하얀 속살, 말간 영혼이 드러난다.

[느림보 사랑]

내 사랑은 오늘도
느릿느릿, 엉금엉금, 저벅저벅 간다.
달팽이가 되어 기어간다.
느림보가 되어 걸어간다.
님 계신 그곳을 향해 간다.
언제쯤 그곳에 도착할지 알 수 없지만
확신 하나로, 단단한 의지 하나로 간다.
새들과 이야기하며, 바람과 눈인사하며,
누가 뭐래도 내 도착지는 한 곳,
내 방식대로 끝까지 그곳을 향해
느릿느릿, 저벅저벅 나는 간다.
달팽이가 되어.
느림보가 되어.

너는 어디에나 있고 어디에도 없다

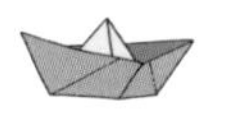

네 언어, 네 몸짓, 네 그림자가 만든 선물. 너 때문에 마음을 붙잡지 못하고 출렁이며 표류하고 있다. 그리움은 꿈결을 타고 흘러간다. 꿈속에서도 저벅저벅 너를 향해 걸어가지만, 마지막 한 걸음이 너에게 도착하지 못했다. 너를 애타게 부르지만, 만나지 못하고 돌아왔다. 그래서 난 꿈속에서도 외롭다. 사방에서 몰려든 너로 인해 강 속에 가라앉은 배처럼 내 몸은 뼛속까지 너로 젖었다. 미운 기억은 몇 개의 동그라미를 그리다가 물속에 가라앉고, 미치도록 간절했던 애정만이 뿌연 물안개가 되어 나를 감쌌다.

물안개 뒤에서 너의 그림자가 나타났고, 선명한 네 목소리가 메아리처럼 울렸다. 어찌할까. 기억 저편에 서 있는 너를 지운다 해도 내 숨결 속에는 늘 네가 있다. 마알간 추억을 움켜쥔 한 손은 너를 붙잡고, 유통기한이 지난 한 손은 너를 보내기를 수백 번. 불타 버린 재가 되었을까. 푹 꺼져버렸을까. 너는 어디에나 있고 어디에도 없다. 아무도 찾지 않는 시골의 들판에서 날개 없는 새처럼 밤새도록 울었다. 사랑이라 말하지 않아도 사랑일 수밖에 없기에. 네가 떠난 빈 집을 지키며 다 무너질 때까지 기다릴 것이다. 오늘은 내 속에 머무는 너를 펼쳐 놓고 아무리 읽으려 해도 하얀 백지뿐이다. 겹겹이 어두워지는 밤이 아프다.

[나는 알아요]

나는 알아요.
간절한 마음으로 정성을 다해 시간을 보내다 보면
기다리는 시간마다 새로운 싹이 돋고 있다는 것을,
머지않아 꽃이 피어난다는 것을,
꽃이 피면 사랑이 찾아온다는 것을.

나는 알아요.
기다림 속에 나를 생각해주고
나를 잊지 않을 그 누군가가 있다는 것을,
반드시 나를 찾을 거라는 것을.
나는 알아요. 대단하지 않은 나에게도 한 사람이 있다는 것을.

나는 알아요.
하늘보다 높고 바다보다 넓은 세상에도
기다림 속에 피는 꽃이 있다는 것을.
간절한 마음으로 정성을 다해 시간을 보내다 보면
기다리는 시간마다 새로운 싹이 돋고 있다는 것을,
머지않아 꽃이 핀다는 것을,
시나브로 사랑이 찾아온다는 것을.

더 많이 위로하고, 더 많이 사랑하기 위해 너를 추억한다.
시간 위에서 시간 밑을 들여다보며.

[PART 4]

이토록 아름다운 세상에 당신을

그렇게 사랑이 왔다

세상이 환한 빛이다. 꿈꾸던 아우라가 춤을 춘다. 빨강, 주황, 노랑, 초록의 스포트라이트가 쏟아진다. 아무 데서나 웃음을 흘리고 춤을 춘다. 내가 주인공이 된다. 하고 싶은 말이 많아지고 누구에게나 친절하다. 뛰고 있는 마음 안으로 그저 웃는다. 영문 모르는 새가 같이 웃고, 지나가는 행인이 웃는다. 얼굴의 생기가 돌며 빛이 난다. 목소리가 공기를 타고 그에게 도착한다. 마냥 웃는다. 따듯해진다. 편안히 전율한다. 그렇게 사랑이 왔다.

시간 위에서 시간 밑을 들여다보며 너를 추억한다

나에게 무한한 설렘을 안겨주던 너, 이제는 시간 속으로 익사한 너를 더듬는다. 시간 위에서 시간 밑을 들여다본다. 번번이 시간 밑에서 춤추고 있는 너를 놓칠 때가 있다. 너를 사랑하는 동안 외로웠고 풍요로웠다. 그러나 견뎌야 한다. 너 없는 현재를 인내하는 유일한 수단은 시간 위에서 시간 밑을 들여다보며 너를 추억하는 것이다. 지금은 아릿하지만 너와 마주 보며 앉았던 그때 그 자리를 소환하여 추억한다.

무수한 감정의 향연 속을 넘나들며 이렇게 나 혼자 춤을 추고 있다. 더 많이 위로하고, 더 많이 사랑하기 위해 너를 추억한다. 시간 위에서 시간 밑을 들여다보며.

당신을 내 옆자리에 남겨두고

당신이 그리울 때는 지하철 1호선을 탄다. 문이 닫히고 열리기를 수백 번 하다 보면 어둠이 푸르스름한 빛을 뱉어낸다. 눈밑이 서늘해졌다 밝아졌다 한다. 기억 속의 그리운 이름들이 저절로 소환되어 내 옆자리에 앉는다. 그러나 당신도 잠시 머물다 노란 불꽃 속으로 사라진다. 철컥철컥 계기판 돌아가는 소리에도 깜짝 놀란다. 끊임없이 사각대는 기계 작동소리에 입과 몸에는 하얗게 곰팡이가 핀다. 어쩌면 영혼까지 하얀 곰팡이로 번질지도 모른다. 당신과의 시간은 모두 신성한 모험이다.

다시 거대한 허무로 걸어 들어갈 자신이 없지만, 지하철의 마지막 문이 열리면 익숙한 거처로 돌아가야 한다. 당신을 내 옆자리에 남겨두고.

기다리는 둔산역

너무 오래 침묵하는 건 아닌지, 내 안에 환했던 너. 아물거리는 한 줌의 빛을 안고 그리움을 앞세워 길을 떠난다. 샹들리에처럼 환하게 살자는 약속, 쓸쓸한 바람이었을까. 세상의 가난에 무릎 꿇지 않겠다는 언약, 물거품이었나. 이해할 수 없는 부호들이 허공을 춤춘다. 믿을 수 없는 것들이 많아져 이런 나조차 읽을 수가 없구나. 오래오래 불 끄지 않고 곁에 있겠다던 약속, 쓸쓸한 바람이었을까. 어둠이 한 줄씩 금을 그으며 경계선을 만들 때마다 지워지며 출렁이는 너. 굶주린 하루가 어둑어둑 힘없는 것들을 집어삼키고, 뜻 모를 글자가 하나씩 이어 붙고 있지만, 나는 해독할 수가 없구나.

바로 누워도 모로 누워도 비뚤 한 세상. 어디로 가야 하는

지, 하늘로 고개 들면 약속이라도 한 듯 검은 물음표가 쏟아져 내린다. 너를 기다리고 나를 기다리는 빗물에 말갛게 씻긴 둔산역 대합실에는 썩지 않는 바람을 타고 온 하얀 비둘기 한 마리가 주변을 서성댄다.

'당신, 어디 가시게요?'

나는 기다릴 것이고, 기다림은 너를 기다릴 것이다

아침에 일어나 지상에서 가장 아름다운 두 글자, 당신을 꺼내어 나는 읽는다. 어제 만난 너의 행동이 내 손끝 따라 움직인다. 몰입은 공기까지 날카롭게 하지만 너에 대한 생각이 부드럽게 벗겨지면 천한 웃음을 흘릴 정도로 나는 좋다. 책을 읽어도 지문의 구석구석에 네가 있어 내용의 주인공이 된다.

오늘따라 나를 따라다니는 네가 가볍다. 곳곳을 부유하지만 입안의 젤리처럼 유연하다. 작업을 하는 순간에도 넌 항상 내 곁에 있다. 쓰고 싶어 어휘가 춤추는 날에는 고유의 무채색을 그려낸다. 너에 대한 생각을 벗겨낼 때에는 모든 것이 파괴적이고 매력적이다. 태양을 호흡하면서도 너를 생각한다. 생각이 행간 위를 널뛰기하듯 춤춘다. 춤추는 어휘, 나의 분신은 가볍고 아스피린처럼 나쁜 기억을 해독한다.

오늘 밤, 내가 문을 열고 네가 문을 닫는다. 나는 차갑게 열리고 너는 뜨겁게 닫힌다. 그 안에서 환한 얼굴이 태어난다. 나를 괴롭히던 고단했던 삶도 잠시 잊힌다. 이윽고 흘러가면 나는 조금씩 사라질 것이다. 어느 날 느닷없이 홀연히 사라지는 바람의 후예가 될 것이다. 그때까지 너는 내 세상에서 가장 오래도록 늙어갈 단 하나의 문장이다. 내가 너를 읽고 노래하지만 언젠가 네가 나를 읽고 노래하는 날이 올 때까지 나는 너를 읽고 노래한 사실을 감출 것이다. 다만, 네가 그 사실을 발견하도록 시간을 허락할 것이다. 네가 나를 완전히 읽고 너와 내가 하나의 문장이 될 때까지 나는 기다리는 시간을 허락할 것이다. 지상에서 가장 오래된 문장은 너이기에 나는 기다릴 것이고, 기다림은 또 너를 기다릴 것이다. 한 세상을 함께하며 애정하고 그리워했던 애정의 연금술을 나는 완성할 것이다.

★ ★ ★

나는 꽃이기를 바랐다.
그대가 조용히 걸어와
그대 손으로 나를 붙잡아
그대의 것으로 만들기를.

헤르만 헤세

사랑, 교과서적인 논리로 극복할 수 없다

홀로 정선을 찾았다. 허름한 민박집에서 고구마를 구워 먹기 위해 장작불을 피웠다. 타닥타닥 장작 타들어 가는 소리와 함께 불꽃이 사방으로 번진다. 나무에서 나무로 번져 갈수록 추억도 함께 타들어 간다. 20대 후반 찬연했던 그 사랑이 불꽃과 함께 밀려왔다가 쓸려갔다가, 흐르다가 멈추다가 원칙을 깨며 춤을 춘다. 뭉툭해진 기억들이 떠올라 쓸쓸해지고 가난해진다. 한 사람이 보낸 무수한 메일과 편지함을 언제 열까를 두고 망설였던 기억들이 새록새록 피어난다. 메일에 적힌 숱한 맹세는 힘이 빠져 헐렁한 약속이 되었지만, 그때 그 순간을 생각하면 의도하지 않은 미소가 번진다.

도대체 사랑이 무얼까. 어떤 날에는 금을 그어 넘어오지 못하게 하고, 어떤 날에는 더듬더듬 얼굴 붉어지도록 애타게 찾는다. 수없이 흔들고 흔들리다가 엮어놓은 줄이 헐거워지면 헐렁해진다. 삭고 삭아서 빗방울 한 방울에도 뚝 끊기는 사랑이 한 점에서 멈춘다. 이미 바위처럼 굳어버린 마음과 기다릴수록 초조해지는 마음 사이의 간격이 멀어져 누군가가 먼저 무심해진다. 수천 마리의 새를 날려 보내며 재촉하지만 답장을 물고 오는 새는 없다. 나를 가둔 그 깊은 물도 머리 풀 듯이 풀어져 흐르게 된다. 한 사람을 향해 말캉말캉하던 심장이 굳은 바게트처럼 딱딱해진다. 어떤 철학적인 표현으로도 되돌릴 수가 없다. 그러다가 안녕을 한다.

사랑에 대한 평가는 지나 봐야 안다. 놓쳐서 안타까운지, 잘 헤어진 건지는 시간이 적당히 흘러야 된다. 어떤 사랑이든 교과서적인 논리로는 해결되지 않는다. 반드시 둘만의 논리로 새롭게 만들어가야 한다. 오래도록 그 사람과 사랑하기 위해서는. 그럼에도 지나간 사랑은 녹슬어버린 이름을 추억하며, 녹물이 번진 그리움까지도 소환하여 분홍빛으로 물들인다. 맘속 깊이 숨어 떨쳐낼 수 없는 울음까지 간간이 토해내면서. 무의식 너머에서 기웃거리는 한 줌의 그리움이 우두커니로 만든다. 오래도록 녹슨 그 표정이 떠오르면 다시 휘감기며 휘말린다는 것. 꽃잎의 말로 속삭이다가, 바람의 말로 사

라진다. 뜨거워진 휴대폰을 하염없이 들고선 붉게 울곤 했던 지독한 사랑도 바람처럼 밀려왔다 쓸려가며 휑하니 비워진다.

동해에 서니 유독 그분이 그립다

참 지루한 여름이 끝나고 다시 10월이다. 가을이면 찾아오는 마음의 병 때문에 치유 여행을 서둘렀다. 미시령, 진부령, 한계령을 넘어가며 느릿느릿 움직이다 보니 해 질 녘에 경포대에 도착했다. 바다는 흔들리는 내 마음을 포근하게 껴안아 주었다. 언제나 바다는 내 마음의 고향이다. 동해는 20년 전이나 지금이나 한결같이 아름답다. 내가 강원도를 찾는 이유 중의 하나는 바로 7번 국도를 만나기 위해서다. 특히 내 시선을 끌어당기는 것은 국화와 들꽃 그리고 길게 늘어선 붉은 소나무다. 그 고즈넉한 풍경에 취하면 마음이 푸근해진다.

푸른 솔잎은 뉘엿뉘엿 떨어지는 햇빛 틈에서 주황빛으로 물들어간다. 건너편 산등성이의 울긋불긋한 단풍나무 앞에는

모든 것들과 이별하려는 11월, 12월의 앙상한 나무도 있다. 이제 봄, 여름, 가을 동안에 무수히 쏟아냈던 밀어들과 눈물로 이별해야 한다. 물론 충분히 애도식을 치러야 한다. 시월은 화려했던 것들과의 아름다운 이별을 준비해야 하기에 더 고독하고 슬픈지도 모르겠다. 미치도록 화려했던 아름다운 것들과 아쉬운 이별을 해야 한다. 그리고 눈앞에 앙상하게 서 있는 두 그루의 나무를 바라보며 기꺼이 생각하고, 기꺼이 경험하고, 기꺼이 그리워할지라도. 오래지 않아 내 앞에 다가온 것들과 마지막 인사를 해야 한다.

옥색에 가까운 시월의 물빛은 찰랑거리며 햇살에 반짝거리고, 시월의 파도는 첫눈처럼 하얗게 밀려왔다 쓸려간다. 방금 멀리서 낙화한 주홍빛으로 곱게 물든 단풍잎을 보니 애틋함이 밀려든다. 바다를 보고 있노라니 스물에서 서른 즈음에 활화산처럼 타올랐던 불같은 애정, 그것을 선물했던 분, 아침 햇살처럼 환했던 그분이 떠오른다. 미소 지으며 나직하게 내 이름을 부르던 분. 포장마차에서 잔치국수를 먹으며 함께 미래를 설계했던 분. 나를 아프게도 했지만 나에게 기쁨을 더 많이 안겨줬던 분. 동해에 서니 유독 그분이 그립다.

괜찮은 사람 하나 있었다

나에게도 괜찮은 사람 하나 있었다. 단 한 번의 만남으로 웃음을 주는 사람. 대화가 통해 말을 많이 하게 만드는 사람. 그 사람을 만나면 마음이 저절로 열린다. 밤새도록 얘기를 해도 지루하지 않은 사람. 트레이닝 차림에 슬리퍼를 끌고 나가도 씩 웃으며 '예쁘다'라고 말해주는 사람. 울적할 때 차 한 잔 사이에 두고 마주보고 있으면 아주 오래된 친구처럼 편안한 사람. 살아온 것에 대한 넋두리, 살아갈 것에 대한 뒤엉킨 고민을 풀어놓아도 진지하게 들어주는 사람. 세상 돌아가는 이야기를 주절주절 떠들어도 고개를 끄덕이며 끝까지 들어주는 사람. 만나면 언제나 편안하고 위로가 되는 사람. 아무 때나 손 내밀면 잡아주고, 기대라며 어깨를 내어주는 든든한 사람. 나에게도 그런 괜찮은 사람이 있었다.

오늘처럼 비가 내리는 날에는 하염없이 부유한다. 영혼이 먼저 날아가 부유하면 몸은 기뻐 하염없이 떨린다. 인연이 아닌 사람은 바람이 되어 머물다가 떠난다는데, 어이하여 내 가슴에 단단한 화석이 되어 자리 잡았을까. 이 사람은 도대체 누구일까. 오늘처럼 그리움이 따끔거릴 때는 추억을 앓는다. 그 시간을 소환하여 그 사람과 함께 추억 속을 부유한다.

아! 이 애증愛憎의 강을 어찌 건널까

뒤돌아서며 반짝, 그가 웃는다. 눈물로 웃는다. 그의 뒷모습을 보며 반짝, 내가 운다. 헛웃음으로 운다. 아름드리 수놓았던 세 글자, 이제는 그 이름이 흐릿하다. 아프다. 통곡한다, 세상이. 내 가슴의 깊은 지옥에서 눈물 한 방울 뚝 떨어진다. 핏물이다. 차갑게 버려라. 진실로 사랑하고 싶거든. 잡으려는 오른손이 내려놓는 왼손에 밀렸다. 그토록 아름다운 그림, 그토록 슬픈 노래를 지워야 한다. 흰 눈처럼 하얗게 덧쌓이던 아릿한 추억이 한꺼번에 흘러가고, 기억만 저 혼자 밤이 되어 깊어간다. 야음을 헤치고 어제의 기다림이 슬금슬금 기어가고 있다. 꼬리마다 그리움의 그림자를 길게 달고서 짧게 겹쳤다가 길게 풀어진다. 가슴에 담은 이름 세 글자가. 아, 무엇인가 해야 할 것 같아 억지로 펜을 잡는다. 차분히 선부터 그리는데 그가 있다. 또 있다. 바다를 한 아름 안고 죽도록 사랑한다고 말하던, 바다향이 나던 그를 어찌할까. 천사 같기도, 악마 같기도 한 그를 어찌할까. 이유가 있어 깊은, 깊어서 더 슬픈, 목마르지 않은 것들이 사방 천지에 부유한다. 잘라도 잘라도 새빨갛게 돋아나는, 잔혹해서 미칠 것 같은 이율배반적인 사랑과 미움. 아, 이 애증愛憎의 강江을 어찌 건널까.

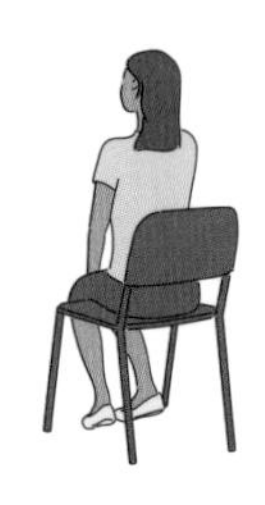

우리 엄마

인디언들의 달력에는 10월을 가난해지기 시작하는 달, 11월을 모두 다 사라진 것은 아닌 달이라고 했다. 옥색에 가까운 물빛은 찰랑거리며 햇살에 반짝거리고, 척박한 시간을 견뎌내기 위해 나무들은 잎으로 가던 수분과 영양분을 차단하고 줄기로 보내기 시작했다. 가장 붉게 제 몸을 태우다가 수직의 파문을 일으키며 낙화한 주홍빛 단풍잎은 누구의 발자취일까. 울긋불긋 산등성이를 물들이는 이 불길은 누구의 힘일까. 불덩어리를 안아 뜨거움이 번진 가을에 노을도 길을 잃었다. 소슬하게 비는 내렸고 엄마가 좋아하는 꼬치전, 잡채, 겉절이를 만들어 엄마 집에 도착하니 엄마는 텔레비전을 보고 계셨다. 잘 걷지 못하시는 엄마에게 텔레비전이 친구가 되었다. 식사도 잘 하시고 그런대로 건강하셨다. 그런 엄마를 지켜본 나는 머리부터 발끝까지 엄마의 모습을 마음속에다 스캔하며 길게 자란 엄마의 손톱과 발톱을 깎아 드렸다. 괜찮다고 하시는데 표정은 아이처럼 좋아하셨다.

8남매를 낳아 매일 뜨신 밥을 먹이며 사랑으로 알뜰히 키우셨던 엄마. 이른 새벽, 천수경을 틀어놓고 108개의 염주알을 돌리시며 자식의 행복을 비셨다. 자식들에게 짐이 되지 않게, 기억을 잃지 않기 위해 거울에다가 가족사진을 포스트잇처럼 붙여 놓고 먼저 가신 아버지, 세상에 흩어져 살아가는 자식과 손자, 손녀들을 자세히 새기셨다. 그리움도 원망도 옛말, 마른 촛농 같은 심심한 평화가 방 안을 채웠고 다 내려놓은 두 손에는 고운 기억들만 희미하게 걸쳐있다. 라디오에서는 소프라노 신영옥 님이 애절하게 '나의 어머니Mother of mine'를 노래했다.

"나의 어머니, 내가 어렸을 때
어머니는 내게 가야 할 올바른 길을 가르쳐주셨죠.
어머니 품 안이 아니었다면 내가 지금 어디 있을까요?
어머니, 사랑하는 나의 어머니.
어머니, 어머니는 내게 말로 설명할 수 없는
너무도 큰 행복을 주셨습니다."

노래가 나오는 3분여 시간 동안 무수한 기억들이 들락거렸다. 엄마에게 칭찬을 듣고 깡충깡충 뛰던 소녀 시절의 내가 왔다 가고, 탐욕 가득한 손길로 채우기에 바빴던 젊은 날의 오빠도 보였고, 시간의 갈피가 두터워질 때마다 용서하지 못할 것들을 태우던 쉰 살의 엄마도 보였다. 소담한 사연들이 저절로 소환되어 머물렀다가 느릿느릿 멀어져 갔다. 왜 기억은 춥기도 전에 앙상하게 야위는 걸까. 서 있는 것도 힘드시면서 왜 다 괜찮다고 뚝 잘라 말하실까. 엄마의 눈빛은 파란만장한 풍파를 한데 모아 선홍색으로 물든 가을을 닮았다.

[그대가 좋습니다, 그냥 좋습니다]

그대가 좋습니다.
나를 사랑하는 그대가 좋습니다.
그대를 사랑하는 내가 좋습니다.
그냥 좋습니다.

애써 말하지 않아도 느껴지는
따스한 마음은 지친 일상을 위로해 줍니다.
그대를 생각하면 입가에 미소가 번지고
은혜 하는 마음이 깊어집니다.
사랑할수록 감사하는 마음은 깊어집니다.

그대만 보입니다. 세상이 온통 그대입니다.
말로는 다 못할 정도로 그대를 좋아합니다.
그대를 좋아하고 사랑해서 나는 행복합니다.
세상을 다 준다 해도 바꿀 수 없는 그대입니다.
나에게는 그대가 전부입니다.

날 웃게 만드는 그대,
날 울게 만드는 그대,
날 춤추게 만드는 그대,
그대 때문에 보이는 전부가 꽃밭입니다.
걸어가는 모든 길이 꽃길입니다.

그대가 좋습니다.
미치도록 사랑하고 있습니다.
간곡히 그대를 원하고 있습니다.
눈물이 다 마른다 해도.
가슴이 다 닳는다 해도.
심장이 딱딱해진다 해도.

그대가 좋습니다.
나를 사랑하는 그대가 좋습니다.
그대를 사랑하는 내가 좋습니다.
그냥 좋습니다.
어제보다 훨씬 더 오늘의 그대가 좋습니다.
그대를 사랑해서 나는 참 행복합니다.

홀로 울고 싶거든

기다리던 기대가 도착하지 않고 나를 통과한다. 붙잡으려 했지만 내 손길보다 더 빨리 달아난다. 부서져 사라지는 희망의 파편들, 잠시 머무르다 죽어간다. 돌아보지 말아야 한다. 땅이 꺼지는 한숨 소리도 숨겨야 한다. 장엄히 죽어가는 것들, 편히 갈 수 있게. 홀로 울고 싶거든 끝없는 아픔이 차올라 점점 얼굴이 굳어져 가더라도, 흰 블라우스 검은 눈물로 흠뻑 적시더라도, 서러운 이빨 드러내며 울지 말아야 한다. 검은 눈물 토하듯 울지 말아야 한다. 보이는 곳에서, 보는 이들 앞에서는 울지 말아야 한다.

다만, 죽은 것들이 편히 잠들고 나면 그때 울어도 괜찮다. 숨어 울 곳을 찾아 홀로 울고 싶거든, 나를 감싸고 있는 실핏

줄까지 조용히 떨리도록 울어라. 죽은 것들이 두 번 죽어 아프지 않게 외롭고 춥도록 울어라. 춥고 추워 얼얼한 신음소리 다 들리도록 울어라. 후련해질 때까지 실컷 울어라.

추락하는 것을 사랑했다

네온사인 불빛 사이로 쏟아져 나오는 연인들, 그 사이를 우회하는 나에게 고무줄처럼 튕겨져 나오는 얼큰한 그리움이 내 앞을 막아선다. 어느 시골의 선무당처럼 새빨간 입술로 외우는 주문이 끝없는 경련을 일으키고, 마음속 깊은 곳까지 매복되어 있는 새빨간 욕망은 뚝뚝 피 흘리듯 저 혼자 피었다 진다. 낡은 구두에는 물이 차오르고, 뿌리내릴 수 없는 욕망은 낯선 휘파람 소리와 함께 휘휘 날아가고, 시간의 철문이 내 유약한 신념 사이로 드륵드륵 소리를 내며 닫히고 있다. 때 절은 육신이 무거워 버겁다. 기울어지는 영혼, 지워지는 길 위에 혼절하고 은밀히 붉어지는 하늘엔 붉은 잎으로 가득하다. 핏빛 같은 조각들이 쏟아진다. 한쪽 날개를 다친 학 한

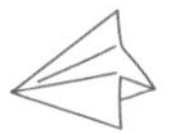

마리가 한없이 추락한다. 이 단단한 절망, 아픈 포옹으로 껴안지만 콸콸 피 흘리며 죽어간다. 가장 낮은 곳으로 추락하는 것을 사랑했지만 서서히 닫히고 있다.

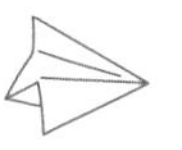

이토록 아름다운 세상에 당신을

허공을 날다가 무언가 생각난 듯 멈춘 새처럼, 느닷없이 떠오른 그 때문에 참 많이 힘든 오늘이다. 함께한 순간이 실시간 동영상이 되어 내 앞을 지나간다. 하늘이 허락한 시간에 따라 나란히 열고 닫았던 바닷가, 언제나 달려가고 늘 그 모습으로 우리를 껴안아주던 편백나무숲, 원초적 본능을 자극했던 비릿한 바다 내음이 가득한 한강 산책로, '툭' 건넨 말이 시詩가 되도록 길을 열어준 남산 소월길 모두 아름답고 행복했다. 오늘은 하늘도 내 마음을 읽은 듯하다. 잔뜩 찌푸린 하늘에서 굵은 눈물방울이 쏟아진다. 많이 보고 싶다고 내 간절한 눈물을 묶어 편지로 보내면 그대, 다시 받아줄 텐가? 수취인 부재로 다시 돌려보낼 텐가? 그대도 지금 나만큼 힘든가?

그게 궁금하다. 여전히 내가 사는 고요한 나라에는 슬픈 기다림이 눈이 되어 내린다. 그대가 놓고 간 발자국을 안고 상념에 젖는다. '롯테'를 사랑한 '베르테르'와 '모딜리아니'를 사랑한 '잔느'의 영원한 사랑이 부러울 뿐이다. 겁 없이 달려들던 스무 살의 나이도 아니고, 함부로 꿈꿀 수 있는 내가 더욱 아니기에 그것이 나를 슬프게 한다. 혼자인 사랑은 아름답지도 행복하지도 않다. 혼자인 사랑은 묘약이 아니라 치명적인 독약일 뿐이다. 냇물은 강물과 만나고 강물은 다시 바다의 품에 안기는 것처럼, 오늘은 내가 아닌 스무 살의 겁 없는 그녀가 되어 그대 품속으로 달려가 안기고 싶다. 하늘과 땅이 마주보며 해와 달이 하나가 되는 그날처럼 그대와 나의 사랑도 그랬으면 참 좋을 텐데. 오감을 휘감는 짙은 안개가 세상을 가리는 새벽, 나는 어김없이 그대라는 바닷속으로 뛰어든다. 비린내 나는 푸른 바다를 그리워하는 고래가 되어.

그리운 당신에게

다시, 비가 옵니다. 지치지도 않게 내립니다. 빨간 카멜리아 꽃이 비에 젖습니다. 짙은 향기를 내뿜으며 모질게 비를 맞습니다. 그곳에도 비가 내리고 있습니까. 당신으로 인해 얼마나 많은 아름다움을 누릴 수 있었는지, 둘이서 함께 가득 찬 상태가 어떤 넓이와 깊이로 만족할 수 있는지를 당신은 깨닫게 해주었습니다. 그래서 많이 행복했습니다. 내 심장의 비밀번호와 같은 이름 세 글자를 간직할 수 있게 해 주어 고맙습니다. 지금 내가 흘리는 눈물, 누구에게도 발각되지 않는 눈물, 따뜻한 이 눈물이 길이 되어 당신에게도 전해졌으면 합니다.

당신도 나처럼 따뜻해졌으면 좋겠습니다. 나는 이제 평화롭습니다. 그리고 행복합니다. 당신도 평화롭기를 바랍니다.

나처럼 행복하길 바랍니다. 당신이 머무는 정원, 그곳에도 우리가 사랑했던 카멜리아 꽃이 만발하기를 바랍니다. 아름다운 곳에서 내내 무탈하기를 바랍니다. 가장 행복한 당신으로 살기를 바랍니다.

[나는]

사랑하는 사람이 서운해질 때는
사람이 미워져 멀리하고 싶을 때는
주변이 싫어 화가 치밀어 오를 때는
보이는 풍경을 끌어안으며
무작정 걷는다.
나는.

끝이 보이지 않을 정도로 힘들어질 때는
발이 부르트도록 걷고 걸어
산속의 사찰을 간다.
다 내려놓고 엎드려 108번의 절을 한다.
나는.

감사한 날

사진 속의 당신과 눈을 맞추고 사진 속의 당신과 입을 맞췄다. 가득 차오르는 이 행복감, 보이는 모두가 천국이었다. 그냥 좋아 경계선을 허물었다. 오래도록 새벽안개 같은 당신에게 취한 나, 눈의 마주침, 마음의 겹침 그리고 가슴의 떨림, 그것이 내가 당신을 사랑하는 이유다. 해지는 저녁, 그리움이 일어난다. 그리움이 걸어간다. 당신이 머무는 곳으로 달려간다. 물감 번지듯 투명한 빗물이 창문을 덮는다. 시나브로 빗물 빨아들이듯 그리움도 짙게 물든다. 오늘은 비에 취하고, 색에 물들고, 결에 춤추며 당신에게 간다. 당신에게 가려고 밤새도록 길을 만들었다. 당신의 그림자를 꿈꾸며, 당신의 그림자가 되어, 당신의 그림자에 취해 살아간다.

가끔은 춥지만 그래도 따뜻한 날이 더 많다. 그래서 행복하다. 감사하다. 오만과 편견을 다 내려놓고 당신을 사랑할 수 있게 해주어서. 겸손하게 사랑하는 법, 겸손하게 사랑받는 법을 알려줘서 감사하다. 평생 죽도록 사랑한 기억을 오래도록 추억할 수 있게 해주어 감사하다.

★ ★ ★

현재의 나는 과거의 내가 만들어낸 결과이다.
현재의 나는 미래의 나를 만들어 가는 과정이다.
나라는 존재는 내 노력의 결과물이고
과거, 현재, 미래, 나의 역사를 보관하는 박물관이다.

김정한

여전히 당신은 내 그리움의 주인입니다.
이토록 사랑하고 그리워하는데, 나 어찌할까요?

[PART 5]

당신을 사랑한 다음 페이지

당신을 사랑한 다음 페이지

바닷가를 거닐고 있는데 비가 내립니다. 서늘한 빗줄기가 가을을 데려다주었습니다. 붉은 옷들 벗어지며 총총걸음으로 떠나가는 고즈넉한 밤입니다. 당신과 마주 앉아 뜨거운 커피를 마시고 싶습니다. 그리할 수만 있다면 두터운 고독이 소리 없이 녹아내릴 것 같습니다.

이 편지가 당신에게 닿을지 모르겠지만, 아니 닿기를 간절히 바랍니다.

부치지 못한 편지

잊은 줄 알았습니다. 아니, 정중히 잊으려 했습니다. 그런데 기억은 돌고 돌아도 지칠 줄 모른 채 홀연히 그리움을 물어 놓습니다. 분홍빛 그리움은 늙지도 않는 사랑을 안겨주었습니다. 집 찾아 헤매는 길고양이처럼, 기억은 시간의 바퀴를 수천 번 배회하다 이곳에 멈추었습니다. 잊은 줄 알았는데, 아니, 잊고 싶어서 외면했는데 정선이라는 곳에 오니 기억이 춤을 추고 있습니다. 마주한 눈빛으로 설렘, 떨림 그리고 마음의 겹침은 선홍빛 그리움을 낳았습니다. 단단한 그리움은 종기가 되어 상처가 되었습니다. 사랑이란 것이 그런 것 같아요. 그리움에 물들면 사랑이 되지만 기다림에 물들면 아픔이 되고, 아픔에 물들면 상처가 되는 것입니다. 아닌 줄 알았고,

아니기를 간곡히 빌었는데, 내 그리움의 주인은 당신이었습니다. 그렇게 아니라며 애써 외면하고 서둘러 보냈는데, 여전히 당신은 내 그리움의 주인입니다. 이토록 사랑하고 그리워하는데, 나 어찌할까요?

당신도 자유롭기를 바랍니다

추적추적 가을비 내리는 오후, 오랜만에 광장시장에 왔습니다. 노점에서 파는 티셔츠도 사고 노오란 프리지어 꽃도 한 다발 샀습니다. 포장마차에서 어묵도 먹었습니다. 옆에서는 지글지글 소리를 내며 파전이 익어갑니다. 빗방울 속으로 퍼지는 파전 향기가 술을 부릅니다. 포장마차 안에는 소주를 주거니 받거니 합니다. 시끌벅적합니다. 술잔을 부딪치며 권주가를 부릅니다. 김흥국 님의 노래 '59년 왕십리'가 구성지게 들립니다. 삶의 애환을 술잔에 담아 마시며 젓가락 장단에 맞춰 춤을 춥니다. 흩날리며 쏟아지는 수많은 빗방울이 나를 이끕니다. 하얗게 부풀고 싶어 하던 욕망도 빗속을 헤엄쳐 다닙니다. 푸른 물살을 가르며 강을 거슬러 오르던 곳으로 데려다

놓습니다. 그곳에는 마냥 푸르게 기억되는 목소리가 있습니다. 나를 우두커니 바라보며 하냥 웃습니다. 아침 햇살 같은 눈길을 가진 당신이 있습니다. 그때가 그립습니다.

오늘따라 풀숲에서 비 맞는 가을벌레도 소리 내어 웁니다. 비가 더 많이 내렸으면 좋겠습니다. 비에 쓸려 당신을 만났으면 좋겠습니다. 나란히 한곳으로 가라앉아도 괜찮습니다. 어둠이 깔리며 버스 정류장에는 늦은 저녁이 멈춰 서 있습니다. 빗속을 뚫고 빌딩 숲에서 쏟아져 나오는 회사원들이 제각기 흩어집니다. 어둠은 굉음을 내며 질주하던 것들을 지워갈 것입니다. 짧은 외출이지만 이렇게 나오면 나를 속박하던 모든 것들이 힘을 잃습니다. 내가 숨 쉬는 공기의 질량만큼 자유가 넘쳐납니다. 이곳에서 나는 비로소 자유롭습니다. 멀리 있는 당신도 자유롭기를 바랍니다.

아니, 반드시 당신이어야 합니다

지금 나, 당신 때문에 많이 힘듭니다. 조금 이기적일지 모르나 당신도 힘들었으면 좋겠습니다. 많이 울었으면 좋겠습니다. 정신 나간 사람처럼 멍한 사람이 되었으면 좋겠습니다. 나 때문에 자주 울었으면 좋겠습니다. 울다가 지쳐 그리워했으면 좋겠습니다. 첫눈 오는 날에 약쑥처럼 한곳을 기웃거리다가 마주쳤으면 좋겠습니다. 놀라는 서로의 모습을 보며 모른 척하지 말고 서로를 향해 달려갔으면 좋겠습니다. 부둥켜안고 울었으면 좋겠습니다. 어두웠던 표정, 해묵은 감정을 말끔히 지우고 다시 첫 발자국을 찍었으면 좋겠습니다. 이유를 묻지도 말고 서로를 향한 간절한 마음을 발견했으면 좋겠습니다. 이제는 서운한 감정을 맑은 물에 뽀득뽀득 씻어내고 함께 손 잡고 갔으면 좋겠습니다. 눈이 내리고 어두운 길을 걸어갔으면 좋겠습니다. 바람이 부는 길을 걸어갔으면 좋겠습니다. 위험한 강도 건널 수 있으면 좋겠습니다. 당신과 함께라면 그렇게 할 수 있을 것 같습니다. 아니, 반드시 당신이어야 합니다.

지금, 당신은 견딜만합니까

오늘은 20년도 지난 그때를 추억하기 위해 청바지에 화이트 색깔의 집업을 차려입었습니다. 남산 한옥마을에서 경복궁을 지나 삼청동까지 걸었던 그때를 기억합니다. 차분하고 품격이 있는 한옥마을에 왔는데 몇 년 전의 기억들이 순서 없이 내 앞에 철퍼덕 앉습니다. 인절미를 만들기 위해 떡메 치던 것을 구경하다 넘어지려 했던 나를 잡다가 당신 품에 안겼던 일이 생각납니다. 길거리 포장마차에서 어묵과 뜨끈한 가락국수를 먹으며 미래를 설계했던 그때, 사랑만으로도 얼마든지 살 수 있다고 외치던 내 청춘이 그립습니다. 그때나 지금이나 연인들의 풍경은 비슷합니다. 고민 하나 없는 얼굴로 꿀 떨어지듯 눈 마주치며 사랑을 나눕니다. 찰랑거리는 긴 머

리칼에 빨간 하이힐을 신고 또각거리며 걸어가는 숙녀가 예쁩니다. 부럽습니다. 시선이 떠나지 않습니다. 연인들의 속삭이는 언어가 심장을 관통합니다. 살갗을 파고들어 혈관을 타고 흐르는 말들이 주홍빛으로 반짝거립니다.

그때의 낭만이 그립습니다. "사랑한다"라는 당신의 말에 무한한 행복을 느끼고 "행복하다"라는 당신의 말에 자부심이 충만했습니다. 그때를 기억하면 다시 설레고 심장이 두근거립니다. 외롭고 쓸쓸해서 유약한 영혼이 자꾸만 어딘가로 튕겨 나갑니다. 사랑의 기준점이 되어 어디서 누구를 만나든 곁에서 방해했던 당신, 내 심장을 말캉거리게 만든 유일한 당신, 정말 운명이기를 바랐습니다. 그런데 내 살갗 같은 당신이, 나였다가 너였다가 하던 당신이, 이렇게 먼 그대가 되었습니다. 지금, 당신은 견딜만합니까.

[끝은 공평하다]

1호선에도, 9호선에도
마지막 열차가 있어 다행인 밤.
그 생각을 하니
내 삶에도 살며시 고난이 사라진다.
끝이 있어 공평해지는,
다행인 밤이다.

당신도 그러하기를 바랍니다

붉게 터지는 눈물샘, 부서져 내리는 나의 흰 뼈, 심한 몸살 끝에 찬물 한 사발 들이켭니다. 정신이 번쩍 듭니다. 허기진 이 세상 이렇게도 거뜬히 살아내렵니다. 빨간 자두에 매달린 햇살이 달려나갑니다. 피다가 시든 6월의 장미 지친 듯 말라 있습니다. 오후 6시 골목길은 다시금 환하게 저뭅니다. 나도 그랬으면 좋겠습니다. 숲속의 나무처럼 편안히 늙기를 바랍니다. 하여, 편안히 저물기를 바랍니다. 버거울 만큼 사무치던 애정도, 시도 때도 없이 나부끼는 그리움도 이제는 적당한 곳에서 멈추기를 바랍니다. 추상의 외로움까지도 그랬으면 좋겠습니다. 당신도 그러하기를 바랍니다.

당신도 강해지기를 바랍니다

나이가 들수록 잊고 싶지 않은 것, 잊지 말아야 할 것들이 늘어납니다. 삶의 무게가 늘어나니 어깨가 너무 아픕니다. 책임감도 자꾸만 늘어납니다. 그럼에도 견뎌야 합니다. 사랑하고 더 많이 사랑해야 할 사람들이 있습니다. 변변찮은 기억력으로 마음을 다잡아 힘이 허락하는 한 다 해주고 싶습니다. 그리하여 좋은 인연으로 곁에 오래 머물고 싶습니다. 사랑하고 사랑 받으면서 행복해하는 모습을 보고 싶습니다. 변하고 늙어가며 편안해지는 모습으로 웃고 싶습니다. 그래서 나는 강해지기로 했습니다. 아니, 나는 반드시 강해져야겠습니다. 당신도 강해지기를 바랍니다.

오늘은 하루 종일 맑음입니다

안절부절못하는 마음을 순하게 길들이기 위해 웅크립니다. 햇빛에 비틀거리던 불안한 마음을 가두고 싶습니다. 시간이 앙상한 뼈를 드러내자, 불안한 생각들로 마음에 물집이 잡혔습니다. 평안보다 불안 속에 갇혀 산 날이 많아서인지 마음속 트렁크를 여니 갇혔던 눈물이 소나기가 되어 쏟아집니다.

굳게 닫힌 입술 속에 시간은 뭉개지고, 아무것도 모른 듯이 묶여 있었습니다. 막 아무렇게나 벗어던지고 사라진 불안의 흔적들, 이제는 보이지 않습니다. 지난날 불안의 모음들도 기운을 잃어 떠나가고 있습니다. 하늘이 웃습니다. 새가 지저귑니다. 세상이 환해집니다. 드디어 나에게도 아침이 왔습니다. 이제, 쏟아지는 저 햇살 속으로 성큼성큼 걸어 들어갈 것 같습니다. 불안의 문을 열고 편한 속으로 통과할 수 있을 것 같습니다. 묶인 모든 것이 풀어지니 이제야 숨을 쉴 것 같습니다. 등 뒤에서 새로운 욕망이 솟아납니다. 오늘은 하루 종일 맑음입니다. 당신도 그러하기를 바랍니다.

[생, 밖의 시간]

얼음 같은 차가운 피가 흐른다.
몸이 지르는 피울음이다.
허물어지기를 바란다.
생 밖의 시간을 기대하며.
사정없이 허물어지는 것에 기댄다.
모든 것을 내려놓으니 실족한다.
서서히 뼈가 굳어진다.
남은 꿈은 허공 위로 부유하고,
새털 같은 영혼이 또각또각 걸어간다.
여기는 어딘가.

당신은 에둘러 먼 길로 나섰습니다

그렇게 당신은 가까운 길을 두고 에둘러 먼 길로 나섰습니다. 나는 미리 준비해둔, 꿋꿋한 견딤을 한 겹 두 겹 껴입었습니다. 깔깔한 슬픔이 파고들지 않도록 나 역시 지름길을 뒤로하고 함께 다녔던 마트, 커피하우스, 작은 책방을 맴돌았습니다. 네온사인의 불빛 사이로 쏟아져 나오는 연인들, 그 사이를 우회하는 나에게 고무줄처럼 튕겨 나오는 한 자락의 그리움이 내 앞을 막아섭니다. 내가 흔들리는 이유는 애정을 뿜어대는 연인들 사이에서 휘청거리는 내 유약한 신념 때문입니다. 서른 살의 애정은 용감했지만 창백하게 끝났습니다. 불더미 같은 욕망을 뒤로하면서도 언제나 푸르고 깊었습니다. 당신을 만난 그해 여름은 참 뜨거웠습니다.

온통 그리움의 붉은 하늘입니다

정선으로 가는 철길 위엔 검은 먼지만 가득합니다. 낮술에 취한 반달은 점점 한쪽으로만 기울어집니다. 귀청이 찢어질 듯한 비행기의 굉음도 이제는 멎었습니다. 모두가 잠든 시간입니다. 마음속 깊이 깔려있던 기억의 레일이 바깥으로 몸을 드러내고 있습니다. 누군가를 기다리는 듯 몸 전체가 선홍색으로 변해갑니다. 온통 그리움의 붉은 하늘입니다.

내 마음 거두어 갑니다

찬란했던 여름의 끝이 암울합니다. 우리의 계절이 이렇게 끝이 나는군요. 해변을 걸으며 막 피어난 보랏빛 수수꽃다리를 보며 카메라의 앵글을 맞추면서 좋아했던 것, 수채화 물감을 풀어놓은 듯 뻔뻔하도록 파란 하늘을 보며 잔디밭에 누워 미래를 의논했던 것, 삼청동 길을 걷다가 커피를 나눠 마시며 고민을 나누었던 것, 터져 오르는 상처까지 아름다움이라 해독했습니다. 소름 끼치도록 아름다운 날들이었습니다. 그러나 미안합니다. 이제는 놓아야 할 것 같습니다. 당신을 담기에는 내 그릇이 너무 작습니다. 감당하기에 힘에 부칩니다. 언제부턴가 당신을 만나면 오르막길을 걷는 것 같아 힘들었습니다. 높은 산을 오르는 것 같아 힘들었습니다. 숨이 막힐 정도로 힘들었습니다. 힘듦이 지나가길 바랐는데 계속 쌓여만 갔습니다. 큰일이 날 것 같아 여기서 멈춥니다. 당신에게로 흐르던 높고 낮은 음자리표, 질펀한 노래를 모두 멈추겠습니다. 절절했던 내 마음, 내려놓습니다. 절절했던 내 마음, 거두어 갑니다.

당신에게 물들고, 당신 따라 바래져서 뭉근했던 날들 참으로 즐거웠습니다. 기쁨은 바다를 오래오래 거닐 것이고, 슬픔은 강 하구를 빠져나갈 것입니다. 모든 것이 순리대로 진행될 것입니다. 물들고 바래지면서 동그란 섬이 되는 것이 사랑인 것 같습니다. 잠시 슬프겠지만 무념의 시간을 갖겠습니다. 오래지 않아 마음의 근육이 생겨 괜찮아질 겁니다. 시나브로 그리움이 바람 되어 밀려들면 눈을 지그시 감고 동그란 섬에 잠시 머물겠습니다. 달 뜨고 감자꽃 피는 날에는 베르테르를 읽으며, 유난히 또렷하고 새까만 당신의 눈동자를 기억하겠습니다. 내가 당신에게 닿고, 당신이 나에게 닿을 때까지 그렇게 머물겠습니다.

그런 사람 하나 있으면 좋겠습니다

돈이 많고 사회적 지위가 높지 않아도 하는 일에 자존감을 느끼는 사람이면 좋겠습니다. 맛있으면 맛있다고 맛없으면 맛없다고 솔직하게 말해주는 사람이면 좋겠습니다. 지나가는 여행자가 길을 물을 때 친절하게 안내해주는 사람이면 좋겠습니다. 시골길을 가다가 활짝 핀 코스모스를 보며 멈추어 서서 사진을 찍는 사람이면 좋겠습니다. 한마디 칭찬에도 세상을 다 가진 사람처럼 호탕하게 웃어주는 사람이면 좋겠습니다. 밥을 먹을 때 반찬 통째로 꺼내어 먹어도 괜찮다고 말하는 사람이면 좋겠습니다. 립스틱 묻은 커피잔을 나눠마셔도 웃어주는 사람이면 좋겠습니다. 유행이 지난 옷을 입고 연주회를 가도 예쁘다고 말해주는 사람이면 좋겠습니다.

누구 눈치 보지 않고 아무 곳에나 철퍼덕 주저앉아도 마음 편한 사람이면 좋겠습니다. 슬픈 일이 생겼을 때 함께 나누어도 불편하지 않은 사람이면 좋겠습니다. 아무리 화가 나도 오래가지 않고 맛있는 요리에 웃어주는 사람이면 좋겠습니다. 높은 산을 오를 때 함께 손잡고 가도 편안한 사람이면 좋겠습니다. 일에 지쳐 울고 싶을 때 넓은 어깨에 기대어 울어도 부담스럽지 않은 사람이면 좋겠습니다.

한 번쯤 말도 안 되는 부탁을 해도 말없이 들어주는 사람이면 좋겠습니다. 어디에서 무엇을 해도 마음속으로 서로를 응원해주는 사람이면 좋겠습니다. 어둡고 황량한 사막에 있을지라도, 불행의 풍파가 몰아친다 해도 내 손을 꼭 잡아주는 사람이면 좋겠습니다. 같은 곳을 함께 바라보며 기쁨과 슬픔을 함께 나눈 사람, 보통의 시선으로 그윽하게 바라보며 깊어지는 마음, 사랑할 권리가 똑같이 주어지는 사람이면 좋겠습니다. 사랑으로 온전히 서로를 이해하는 인생의 동반자라면 좋겠습니다. 가슴속에 자리 잡을 수 있는 괜찮은 사람, 그런 사람 하나 있으면 정말 행복하겠습니다.

아버지 생신날에

며칠이 지나면 아버지 생신이다. 아버지는 모진 비바람을 막아주던 든든한 산이었다. 공무원이셨던 기억 속의 아버지는 평소 말이 없으셨고, 늦은 퇴근을 많이 하셨다. 일주일에 한두 번은 꼭 술에 취해 있었다. 토끼 같은 자식들 볼 생각에 종이봉투로 감싼 소고기를 사 들고, 노을 진 골목길을 비틀거리며 걸어오셨다. 술 드시고 오실 때마다 울려 퍼지는 아버지의 노랫소리에는 고단함이 절절했다. 그때는 어린 나이에 세상에 모든 아버지가 다 그런 줄 알았다. 낡은 구두, 해진 양복, 손때 묻은 안경이 내 아버지를 대표하는 것들이다.

아버지 생각이 날 때마다 그들이 겹쳐 늘 울컥하다. 얼마나 외로웠을까. 얼마나 쓸쓸했을까. 혼자인 시간을 어찌 감당했을까. 그때는 왜 아버지의 사랑을 진심으로 읽지 못하고 그 메마른 손 한번 잡아드리지 못했을까. 아버지 생신이 다가오니 저절로 괜히 경건해지고 뭉친 아픈 기억들이 떠올라 쓸쓸하다. 가신지 19년, 죄송하고 또 죄송하지만 아버지 좋아하시는 포도주와 인절미를 올려 잠시만이라도 추모해야겠다.

오늘을 사랑하자

가을 햇살은 따사로운데 새로운 것들이 더 새로운 것에 밀려나 변하고 있다. 청아한 새소리가 반가워 웃음이 나다가도, 쓰르르 귀뚜라미 울음소리에 서러워진다. 바람에 서각거리는 갈대 소리에 눈물도 흐른다. 시간은 제 갈 길을 가며 나이테처럼 주름을 만드는데 나는 손에 쥔 것이 없어 우울하다. 무엇을 새로 시작하기보다는 지금 이대로가 좋다. 새로운 사람을 만나기보다는 오래 만나던 사람이 편하다. 계절이 바뀔 때마다 느닷없이 세상 속을 벗어나 혼자이고 싶을 때가 있다. 오래도록 우두커니가 된다. 철이 들지 않은 어른아이로 그저 그런 날로 살고 있지만, 그저 그런 보통의 날이 좋은 날이라는 걸 나는 알고 있다. 그래서 말이다. 이대로도 괜찮다.

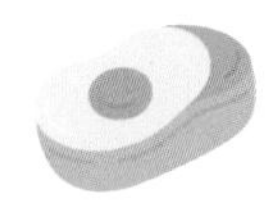

가족을 사랑하며 글을 쓰며 꿋꿋이 버티자. 어제는 가 버렸고 아직 내일은 오지 않았다. 오늘에 충실하자. 오늘을 잘 버텨내면 수고에 대한 선물로 반듯한 내일을 맞이할 것이다. 물론 나는 모든 것을 다 할 수는 없다. 그러나 무언가는 할 수가 있다. 그 무언가를 찾아 실천하는 것이다. 그것이 나의 길이다. 반드시 오늘을 사랑하자. 그 힘으로 나의 한계를 뛰어넘을 수 있다. 물처럼 느리지만 수월하게 지나가자. 느린 달팽이가 되자. 괜찮다. 그래도 된다. 다만 중심은 잡자. 그냥 오늘을 사랑하자. 이 평범한 오늘이 어제 죽은 이가 간절히 꿈꾸던 날이 아니던가.

별일 없는 내 하루에도 한 번쯤 별일이 생겼으면

여름이 오는 듯 가니 알알이 흩어져 부는 바람이 가을을 물어다 놓았다. 노트북 앞에서 작업을 하다 멈추었다. 창가에 앉아 가혹하도록 하루가 길다며 혼자 중얼거린다. 나이가 드니까 혼잣말도 느나 보다. 머릿속의 생각주머니까지 기울어지며 소란하다. 별일 없는 하루를 탓하며 저녁 예배에 참석했다. 아니나 다를까 목사님은 별일 없는 것에 감사하라신다. 너도 나도 "아멘"이라 외친다. 목사님 말씀에 따라 별일 없는 내 하루에도 한 번쯤 별일이 생겼으면 하고 마지막 기도를 하는 나에게 교회 천장에서 커다란 말씀 하나가 철퍼덕 떨어진다. "마음을 비우라."

별일 없는 하루가 평범한 행복인데, 비교의 세상에서 살아가다 보니 그것을 인정하기가 쉽지 않다. 어쨌든 기도를 하며 신도들과 남은 하루를 마감했다. 기도를 통해 영혼을 씻는 만큼 가치 있는 일도 없다. 마음이 충만해진다. 살랑살랑 부는 가을바람에 교회 입구에 자리한 화분의 큰 잎들이 흔들린다. 오늘 기도가 바람의 날갯짓에 업혀 소원하는 것을 끌어안았으면. 한 번쯤 그랬으면 좋겠다.

[가끔은 혼자일 때가 좋습니다]

둘이 있을 때도 좋지만
가끔은 혼자일 때가 좋습니다.
뉴에이지 음악을 들을 수 있어 좋습니다.
길거리 쇼핑을 맘껏 할 수 있어 좋습니다.
야간열차를 타고 정동진을 갈 수 있어 좋습니다.
발길 닿는 대로 걷다가 허름한 식당에서
뜨끈한 콩나물국밥을 먹을 수 있어 좋습니다.
눈치 볼 것이 없어 좋습니다.
아무도 신경 쓰지 않아서 좋습니다.
나에게 선물할 것들이 너무 많아 좋습니다.
세상에서 가장 소중한 나에게 온전히 몰입해서 좋습니다.
그래서 나는 가끔은 혼자일 때가 참 좋습니다.

다시 한 걸음

지축을 흔들며 가혹했던 여름이 이름을 지워간다. 모진 상처를 던져준 여름의 끝이 드디어 마지막 남은 한 바퀴를 돌고 있다. 쿵쿵거리며 왔던 길을 서둘러 빠져나간다. 곧 꼬리를 감출 것이다. 고단했던 시간을 뒤로하고 천 걸음 같은 한 걸음을 내디딘다. 쩍쩍 갈라지는 햇빛을 걸치며 힘차게 나아간다. 눈물겹도록 간절했던 다시, 한 걸음. 새콤한 바람이 묻은 자리에서 원 스텝 투 스텝 야옹야옹거리며 연습하고 있다. 모든 것들이 빨라지고 있다. 지난했던 일들은 혈류를 타고 흐르는 아스피린처럼 기억만으로 해독될 것이다. 다시, 한 걸음으로 천 개의 미소를 흘린다. 매일매일 다시 한 걸음으로 나를 길들이고 있다.

머지않아 나는 멋진 탱고를 출 것이다. 창문을 긋는 빗방울 소리가 산만했던 생각들을 빗질해준다. 그 빗방울 끝에서 희망이 푸륵푸륵 태어나 혼자 자란다.

이대로 두시라

비가 온다는 예보를 들으니까 많은 것들이 스쳐간다. 언젠가 허락하지 않아도 손을 잡고 땀이 나도록 시골길을 걸었던 일, 소나기를 맞으며 강원도 어느 두메산골의 섶다리를 건넜던 일, 길가의 풀잎을 따서 풀꽃반지도 끼워주고, 예쁜 머리띠를 만들어 씌워주었던 사람. 구두를 벗어놓고 징검다리를 건넜던 일, 흐르는 강물에 오렌지빛 노을이 물들면 서둘러 막차를 타고 귀가했던 추억들이 아련하게 떠오른다. 혼자인 오늘, 그날들이 밀려들어 아릿하다. 추억은 늘 진심이 꾹꾹 눌러 담겨 있어 행복을 선물한다. 만나고 돌아서면 다시 허기진 마음을 안겨주던 사람, 심장 안쪽 가장 깊숙이 들어가고 싶었던 사람, 놓치고 싶지 않았던 그 아름다운 손님, 수백 번을 만

나도 착하고 무해했던 한 사람. 지금도 한결같지만 혼자여서 쓸쓸하면 쓸쓸할수록, 고단하면 고단할수록 한 사람에게 취한 날들이 떠올라 행복하다. 너무 아름답고 온통 무지갯빛이다. 어쩔 수 없이 혼자이거나 혼자가 되었을 때는 더욱 그러하다.

오늘이 그런 날이다. 그 사람이 그리우면 모든 것들을 소환하여 재판하고 판결한다. 우두커니 바라보다가, 또 밀어내다가, 끌어안기를 반복한다. 오롯이 사랑의 권력을 혼자서 누린다. 그래서 행복하다. 가끔씩 사랑의 권력이 기울거나 흔들릴 때는 소원을 빈다. 무릎 꿇고 절절하게 소원을 빈다.

"대단한 걸 원하지 않으니, 나를 지금 이대로 두시라. 누울 자리, 입을 옷, 크래커 한 봉지와 사과 한 알이면 충분하니 내 사람 떠나보내지 말고 이대로 두시라."

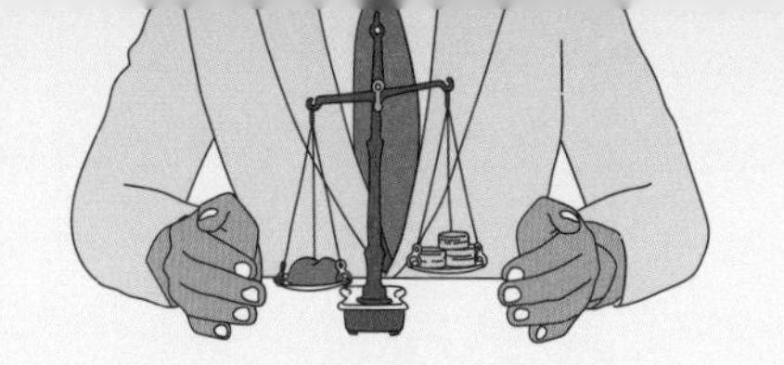

[괜찮은 사람]

변하지 않으려고 애쓰는 사람이 있습니다.
싫증 내지 않으려고 애쓰는 사람이 있습니다.
가볍지 않으려고 애쓰는 사람이 있습니다.
진실하려고 애쓰는 사람이 있습니다.
약속을 잘 지키려고 애쓰는 사람이 있습니다.
함부로 행동하지 않는 사람이 있습니다.
따뜻한 마음을 가진 괜찮은 사람이 있습니다.
내가 좋아하는 당신이 그런 사람입니다.

둘이서 약속한 그 하나를 위해

이 지독한 기다림과 그리움을 씹고 있다.

[PART 6]

산다는 것은 기다림과의 여행

나는 너를 부르는데 너는 나를 부르고 있는 걸까

10월도 벌써 중순이다. 기다리는 소식이 행방불명이다. 그리운 생각과 날카로워지는 생각이 공존하는 밤이다. 나는 너를 부르는데 너는 나를 부르고 있는 걸까. 하루, 이틀, 사흘… . 이제는 기다림에 지쳐 그리움도 늙어가나 보다. 흐릿하다. 오늘따라 마종기 시인의 '우리는 서로 부르고 있는 것일까'라는 시구가 가슴을 후벼판다. 이 문구를 떠올릴수록 아릿하다. 누군가가 그리우면 달을 보라 한다. 같은 달을 보면서도 생각은 다를 수가 있으니까 멀기만 하다. 시간이 흐를수록 손에 잡히는 것보다 놓아 주어야 하는 것들이 많다. 사랑도 그러하다. 죽도록 사랑해도 한 번은 놓아주어야 하니까. 떠나는 입장이든, 남아서 추억하는 입장이든 순서 없이 이별은 찾아오니까.

첫눈이 오면 만나자고 했더라도 살아생전에 지키지 못하는 것이 약속이다. 그럼에도 내가 약속을 하는 것은 약속을 지키기 위해 끝끝내 살아내기 때문이다. 하나의 약속을 지키기 위해 시간을 견뎌내는 것이다. '단풍이 빨갛게 물들면, 첫눈이 오면….' 모두가 가정이지만 가정 속에서 소중한 확신을 만들어 가면서. 어쩌면 인생 자체가 기다림과 그리움과의 산책이다. 긴 기다림과의 산책 후에 나는 너를 만날 것이다. 너를 만나면 비로소 마음의 지층 아래에서 속삭이던 그리움을 단숨에 뱉어낼 것이다. 오솔길을 나란히 걸으며 서로의 그리움을 산책할 것이다. 둘이서 약속한 그 하나를 위해 이 지독한 기다림과 그리움을 씹고 있다. 한때인 것 같지만 한평생이 될지도 모를 약속을 위해.

[눈물 편지]

새하얀 백지 위에
또르륵 떨어지는 눈물방울들
나의 심장을 향해 아프게 아프게 퍼진다.
네가 보고 싶다는 말
네가 그립다는 말
너를 사랑한다는 말을 쓰려고 했는데
한 글자도 못 쓰고
빈 백지 위에 스민 눈물들이
편지 되어 너에게로 날아간다.

나는 늘 그랬다

봄이 가고 여름이 가고 가을이 갔다. 겨울이 가고 다시 봄, 개나리 피면 온다던 너는 여전히 소식이 없다. 소복소복 쌓이며 길을 지우는 4월의 눈에 세상이 갇혔다. 나에게로 오는 너도, 너에게로 가는 나도….

길을 잃었다. 꼼짝없이 갇혔다. 하얀 천국에. 오도 가도 못하는 날에 나는 향기가 되어 너에게 가려고 꽃병 속 프리지어 꽃에 내 마음을 꾹꾹 눌러 담았다. 꽃향기에 파묻혀 바람 타고 너에게 가련다. 꽃향기 너에게 갈 때 내 마음도 따라가련다. 살랑살랑 바람 타고 너에게 가련다. 꽃향기가 너에게 도착할 때 시나브로 너에게 스며들 것이다. 내 마음 너에게 읽히도록.

지금 나는 길을 잃지 않게 현관 불을 환히 켜두었다. 밤늦게라도 네가 올지 모르니까. 그리고 메일을 쓴다. 그리움은 담았지만 서운함은 감추었다. 그리움만 가득 담았다. 슬픔은 꽁꽁 숨긴 채로. 너에게 길들여져 익숙해졌음에도 나는 늘 그랬다. 그저 너의 웃음만 보고 싶어서.

나를 비켜 간 사람

삼청동 커피하우스에서 아메리카노를 주문하고 기다리는데 통유리창 밖으로 익숙한 얼굴이 스쳐 지나갔다. 나는 커피를 받지 않고 뜨겁게 산란하여 부풀어 오른 신념으로 무작정 쫓았다. 발가락이 짓무르도록 달려갔지만 내가 아는 그 사람이 아니었다. 가끔 그리움이 깊으면 그렇다. 얼핏 비슷한 사람을 그 사람으로 착각한다. 나를 비켜 간 사람일 뿐인데 내 그리움은 왜 이토록 잔인할까. 내 생각을 핥고 지나간 그 사람을 쫓아 나는 어김없이 취하고 충돌한다. 나를 비켜 간 사람 때문에 뜨거운 마음은 열리고 차가운 생각은 닫히고 있다. 점점 외딴섬으로 멀어져 간다. 그 얼굴, 그 목소리, 그 체취에 얼마나 길들여졌으면. 그 사람이 얼마나 그리웠으면. 살점이 떨어져 피가 나도록 쫓을까. 칭칭 감겨 흐느끼는 그리움을 껴안고 마음은 그를 사랑한 다음 페이지를 걷는다.

산다는 것은 기다림과 여행하는 것이다

산다는 것은 무언가를 끝없이 기다리는 것이다. 눈을 뜨면 사랑하는 사람, 미운 사람, 만남부터 이별까지를 기다려야 한다. 그 기다림이 기쁨을 주기도 하고, 고통을 주기도 하지만 기다림은 피할 수도 거부할 수도 없다. 아마 그것은 신이 내린 아름다운 선물일 수도 있고, 가장 고통스러운 형벌일 수도 있다. 죽기 전까지 계속되는 기다림이다. 가진 자나 가난한 자, 권력이 있는 자나 없는 자 모두 공평히 짊어진 과제인 것이다. 때론 짧은 기다림으로 생을 마감하는 이도 있고, 때론 긴 기다림으로 살아가는 사람도 있다. 하지만 기다림은 사람이나 동물이나 자연 모두가 자신의 일생을 마감할 때까지 계속된다. 피할 수 없는 운명처럼 우리는 기다림 속에서 울고 웃는다. 맛있는 것을 먹으며 즐거워하고 기뻐하기도 한다. 이 세상의 모든 것은 기다림 속에서 일어나는 작은 일일 뿐이다. 그래, 산다는 것은 기다림을 만나는 것이다. 죽는 날까지 기다림과 여행하는 것이다. 산다는 것은 기다림과 여행하는 것이다.

[당신이 행복하길 바랍니다]

내게 사랑의 의미를 갖게 해 준
당신에게 감사드립니다.
당신 때문에 참 많이 아팠고
당신 때문에 참 많이 슬펐지만
그 아픔도 슬픔도 아름다웠습니다.

아픔이 슬픔이 아름다울 수 있다는 것을
내게 가르쳐 준 당신
그래서 당신을 사랑하는지도 모릅니다.
나, 당신을 사랑할 수 있어 참 행복합니다.
당신 때문에 여전히 아프고 슬프지만
이 고통이 언제 끝날지 알 수 없지만
당신을 사랑하게 된 걸 후회하지 않습니다.

만일 당신이 내 곁을 떠난다 해도
난 당신을 영원히 사랑할 것입니다.
이제는 당신이 아프지 않기를 바랍니다.
이제는 당신이 슬프지 않기를 바랍니다.
당신이 행복하기를 바랍니다.
이 세상에서 가장 행복한 사람으로 살기를 바랍니다.

낮은 곳으로

갑자기 하얀 눈이 흩날린다. 소리 소문 없이 성글게 내린다. 검은 봉지를 든 아주머니 어깨에도, 백팩을 메고 학원을 나와 집으로 가는 수험생의 가방에도, 서류 가방을 들고 늦은 귀가를 하는 가장의 어깨에도, 전신주 옆에 술 취해 쓰러진 남자의 머리 위에도, 자판을 펼쳐놓고 액세서리를 파는 모자 쓴 청춘 남녀에게도 똑같은 하얀 눈이 내린다. 하루 종일 휘날리다 쌓인 아스팔트 위에도 하얗게 쌓인다. 남자인지, 여자인지, 사람인지, 나무인지 분간이 가지 않을 정도로 모든 것을 덮고 수북이 쌓였다. 사람도, 말 없는 빌딩도, 불빛이 닿지 않는 까만 허공까지 덮는다. 하얗게 고개를 수그린다. 몸을 낮춘다. 눈을 맞은 모든 것들이. 낮은 곳으로 몸을 향한다.

아무것도 아닌 날은 없었다

2018년에는 달랑 한 권의 책이 나왔다. 그러고 보니 사연들이 많아 글을 쓰지 못했다. 백팩 하나 메고 사찰도 가고, 교회도 가고, 수도원에도 갔다. 서서 기도도 하고, 납작 엎드려 절을 하며, 무릎 꿇고 묵상 기도도 했다. 나와 내 가족 그리고 주변 사람들이 아프지 않길 바라며. 그러나 2018년도부터 지금까지 엉클어진 일들이 너무 많아 버거웠다. 힘에 부쳤다. 누구도 해결할 수 없는 일들이 살다 보니까 일어나더라. 사람의 힘으로 안 되는 일이 생기더라. 교회에 앉아 성경을 펼쳐 주기도문을 외우고, 사찰에 가서 천수경을 들으며 108번 절을 하면 마음이 편안했다.

거의 2년을 납작 엎드려 기도만 하며 살았다. 나와 가족 그리고 주변 사람들이 평상심을 찾도록 주기도문을 외우고 천수경을 읊조렸다. 그저 성경에 나오는 말 '이 또한 지나가리라'를 되새김하며 기도했다. 기도하며 애원했다. 온전한 색상과 향기를 빼앗지 말라고. 다행히도 그동안 나를 찾는 이도 없었다. 휴대폰도 잘 울리지 않았다. 수행의 시간은 나름대로 의미 있었다. 나의 긴박했던 순간을 돌아보며 남의 사정도 이해하게 되었으니까. 그렇게 또 한 뼘 자란 어른으로 성숙하고 있었다. 아무것도 아닌 날은 없었다.

[당신 때문에 난 늘 아픕니다]

당신 때문에 난 늘 아픕니다.
당신을 만나서 아프고
당신을 못 만나서 아프고
당신의 소식이 궁금해서 또 아프고
당신이 아프지나 않을까 두려워서 아프고
당신을 영 만나지 못할까 무서워 또 아픕니다.
당신 때문에 하루도 안 아플 날이 없습니다.
이래저래 늘 당신 생각
난 오늘도
당신 생각을 하며 하루를 살았습니다.
아픈 하루를 살았습니다.

홀로 선 나무

자작나무 바람에 흔들리듯, 생의 선율은 가냘프도록 한쪽으로 휜다. 맨발로 칼날 위를 건너듯 온몸이 피투성이다. 까슬한 모래 위의 나무처럼 봄이 와도 잎새를 갖지 못하고, 여름이 와도 꽃을 피우지 못하고, 가을이 와도 붉게 물들이지 못하는 언제나 겨울나무처럼 앙상한 뼈만 드러내고 있다. 내 나무는 아무것도 갖지 않고 빈 몸으로 살아간다. 털어낼 것이 없어 아쉬울 것도 없는 나무. 오늘도 눈부신 햇살을 안으며 홀로 서 있다. 오늘따라 하늘이 눈부시다. 가을볕을 받아 활짝 웃는 코스모스 가을에 푹 젖고 있다. 연분홍으로 물들어 간다. 서서히 풍선처럼 꽃망울이 부풀어 오른다.

11월, 낮아지면서 서서히 사라져가는

바닷가 근처 회색빛 빌딩을 서성이며 나는 새를 보았다. 검푸른 새 한 마리 빌딩 창 난간에 기대어 누웠다. 왜 이곳으로 홀로 날아들었을까. 11월의 꽃, 서리가 내린다. 그래서인지 11월의 햇빛은 창백하다. 운동화 바닥을 지나 발가락에 느껴지는 느낌도 차다. 행인들의 입에서 흰 입김이 흘러나온다. 나무들은 잎을 떨어뜨리며 털어내고 비우기 시작한다. 점점 더 가벼워진다. 봄을 위해, 겨울을 견디기 위해 다 털어낸다. 흰 심지의 불꽃에 자신의 몸을 다 맡기는 양초처럼 11월은 소진할 때까지 버텨낸다. 남김없이 하얗게 불태울 때까지. 그리하여 낮아지면서 서서히 사라져가는 이상하리만큼 친숙한 내 삶과도 닮은 11월, 무언인가 견디기 위해 살아있는 모든 것들은 묵묵히 비우기 시작한다. 서둘러 겨울 외투를 꺼내 입은 행인들에게서는 비장한 각오가 배어 있다.

천 번을 울어가며 부딪치다

4월, 밤하늘을 그어버린 검은 손톱자국, 놀란 기억들이 쿵쿵거리며 달려 나온다. 스며들고 차오르던 것들이 낮이고 밤이고 소리 내며 들락거렸다. 전신으로 마찰하던 웅성거림, 결국 아프게 몽우리졌다. 너무 오래 머물렀던 것들, 천 번을 울어가며 온몸으로 부딪쳤다. 심장까지 타들어 까맣다. 미워해야 하나. 껴안아야 하나. 보이는 것들만 껴안고 보이지 않는 것들은 무시해야 하나. 어떻게 해야 할까. 발부리를 툭툭 차면서 묻고 또 묻는다. 서러워 운다. 강 속에서 평생을 헤엄치다가 흙밭으로 떨어진 물고기처럼 몸부림친다. 끝내는 내 안에서 숨질 것들, 살아서도 죽어서도 나를 증명하는 내 생의 한 부분인 것을. 살아서도 죽어서도 내 것이다.

내 팔에 안겨 환한 웃음으로 산화할 때까지 힘껏 사랑할 수밖에 별수없다. 오늘따라 밤은 망각보다 빨리 왔다. 4월의 밤, 유난히 박하 냄새가 짙다. 고통으로부터 당당히 이별하는 오늘. 낮이고 밤이고 비와 눈을 맞으며 홀로 걷고 홀도 뛰던 나의 발, 그 등에 눈물 한 방울 떨어진다. 조용히 이별했다. 입가로 말간 웃음이 번진다. 주린 배를 채우기 위해 부지런히 먹이를 받아먹는 새끼 새처럼 도착할 곳을 향해 나는 일어나 다시 길을 떠난다. 아우성치는 행간의 숲으로.

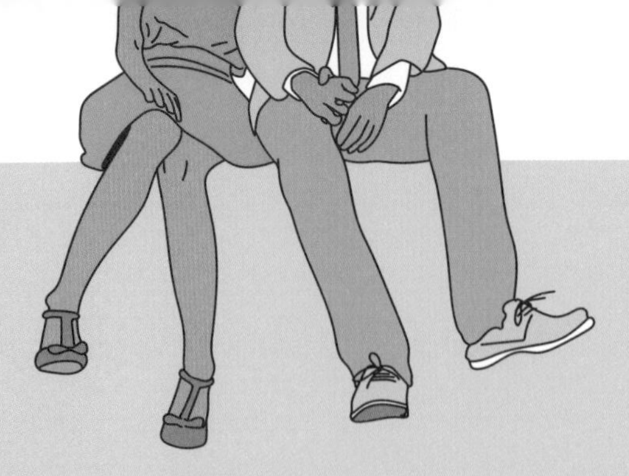

[널 잊을 수 있을까]

기억보다 망각이 앞서면
널 잊을 수 있을까.
눈물이 빗물처럼 흘러내려도
널 내려놓을 수 있을까.

네 이름 석 자만 떠올려도
심장의 울림이 기적 소리 같은데
널 지우개로 지우듯 지울 수 있을까.
눈물이 마르고 심장 소리 멈추면
널 정말 잊을 수 있을까.

일생을 참 슬프게 사는 꽃.
보고 싶은 그리움을 견디다 견디다
꽃으로 피어나는 상사화처럼
너와 나의 사랑도 그럴지도 몰라.
아!
아직도 사랑할 시간이 너무 많은데
우린.

사분사분 봄별이 내리는 날에는

나는 넉넉한 성찰을 하며 한 번은 반성문을, 한 번은 계획서를 길 위에 써 내려간다. 인디언은 2월을 '홀로 걷는 달'이라 했다. 나는 2월에는 번호표를 뽑아 일상을 접고 떠난다. 내 마음이 머무는 곳을 향하여. 느릿하게 걸으며 살얼음을 헤쳐 흐르는 해빙의 강을 볼 것이다. 스노 래프팅을 즐기는 겨울 사람들도 만날 것이다. 굴뚝에서 아지랑이처럼 피어오르는 메케한 연기 냄새도 맡을 것이다. 드문드문 느릿느릿 봄나물을 채취한 바구니를 머리에 이고 콧노래를 부르며 섶다리를 건너는 아낙네도 만날 것이다. 발바닥에 조금 폭신하게 닿는 흙도 밟을 것이다. 겨울 햇살과 봄의 햇살이 공존하는 곳으로 가까이 갈 것이다. 배려와 포옹이 넘쳐나는 그곳에서, 보이는 모든 풍경과 눈 맞춤하며 겨울을 배웅하고 봄 마중을 할 것이다. 모두의 덕분으로 찾아오는 봄을 맘껏 껴안을 것이다. 돌아올 즈음에는 봄 향기가 살포시 전신에 배어 있을 것이다.

자연 속에서 만났던 사람, 보았던 풍경, 느꼈던 정서는 다시 글이 될 것이다. 민낯으로 정직하게 이야기했던 소중한 사람들을 행간 속에 담을 것이다. 바람으로, 햇볕으로, 눈물로, 웃음으로. 그 속에는 날것의 진솔함을 고스란히 새길 것이다. 희망이 있어야 사명도 있는 것이다. 시골마을의 아름다운 섶다리와 겨울바람을 맞으면서도 생을 놓지 못하는 억새를 생각하며 선명한 희망을 향해 주어진 사명을 다할 것이다. 하여, 사분사분 봄별이 내리는 날, 단단한 대지를 뚫고 소나무가 푸름을 되찾고 펄떡펄떡 청개구리가 뛰노는 날이 오면 꽃빛으로 어우러져 춤추리라. 칙칙한 얼굴을 하얀 햇살에 비벼 씻어 순순한 신부가 되리라.

경포대 바닷가에서 1

나를 좀 더 선명하게 보기 위해 길 위에 섰습니다. 미시령, 진부령, 한계령을 넘어가며 느릿느릿 움직이다 보니 해 질 녘에 경포대에 도착했습니다. 이 가을, 동해바다를 찾으니까 가을을 노래한 시가 떠오릅니다. '주여, 때가 되었습니다. 여름은 아주 위대했습니다. 당신의 그림자를 해시계 위에…'로 시작되는 라이너 마리아 릴케의 〈가을날〉이 생각나고, 가을이 조금 더 깊어가면 김현승 시인이 쓴 '가을에는 기도하게 하소서. 낙엽 지는 때를 기다려 내게 주신 겸허한 모국어로 나를 채우소서'라는 〈가을의 기도〉도 생각납니다. 또 오늘처럼 뼛속까지 그리움이 사무칠 때는 '시월의 마지막 밤'이라는 노랫말이 들어있는 '잊혀진 계절'도 생각납니다.

예전이나 지금이나 한결같은 생각은 7번 국도가 너무도 아름답다는 것입니다. 누군가는 말했습니다. 경포대에는 5개의 달이 뜬다고. 하늘에 뜨는 달, 호수에 뜨는 달, 바다에 뜨는 달, 벗님의 눈동자에 뜨는 달 그리고 술잔에 뜨는 달이 있다고 했습니다. 특히, 내 시선을 끌어당기는 것은 국화와 들꽃 그리고 길게 늘어선 붉은 소나무입니다. 그 고즈넉한 풍경에 함께 빠져들면 마음이 푸근해집니다. 푸른 솔잎은 뉘엿뉘엿 떨어지는 햇빛 틈에서 주황빛으로 물들어 갑니다. 건너편 산 등성이의 울긋불긋한 단풍나무 앞에는 모든 것들과 이별하려는 11월, 12월의 앙상한 나무도 서 있습니다. 이제 곧 봄, 여름, 가을 동안에 무수히 쏟아냈던 밀어들과 눈물로 이별해야 합니다. 물론 충분히 애도식을 치러야 합니다.

경포대 바닷가에서 2

옥색에 가까운 시월의 물빛은 찰랑거리며 햇살에 반짝거리고, 시월의 파도는 첫눈처럼 하얗게 밀려왔다 쓸려갑니다. 방금 멀리서 낙화한 주홍빛으로 곱게 물든 단풍잎을 보니 애틋함이 밀려듭니다. 수십 번의 가을이 지나갔지만 여전히 가을앓이는 계속되고 있습니다. 숱한 만남과 이별 속에서 그리움은 여전히 처형되지 않고 10월의 마지막 밤, 11월의 마지막 밤, 12월의 마지막 밤을 향해 줄달음치고 있습니다. 어쩌면 마지막으로 눈 감는 그날이 와야 이 치명적인 그리움이 멈추게 될 것 같습니다.

여전히 현재 진행형으로 곁에 머무는 뜻 모를 그리움을 안고 경포대 바닷가를 헤집고 다닙니다. 차가워진 물보라에 뺨을 적시며 바닷길을 걸었습니다. 쏴아 하는 파도 소리가 먼 곳에서부터 너울거립니다. 하얀 물보라가 붉은 소나무 사이를 걸어 다닙니다. 시간에 쫓긴 듯한 무리의 관광객들이 성큼성큼 지나갑니다. 침묵으로 말 상대를 해주는 바다, 지친 몸과 마음을 보듬어주는 소나무 숲길, 이따금 정신 차리라고 뺨을 찰싹 때리는 바닷바람. 그렇게 바다는 나에게 '잘살고 있는지'를 되묻고 있습니다. 가끔씩 눈부신 가을볕으로 전신을 어루만지며 의연하게 작가의 길을 가고 있는 나에게 따뜻한 응원을 해줍니다. 두려움과 도전 사이에서 휘청거리는 나를 붉은 햇빛으로 감싸 안으며 뭉클한 위로를 합니다.

경포대 바닷가에서 3

경포대 바닷가를 거닐고 있는데 비가 내립니다. 아마도 가을비인 것 같습니다. 여행할 때마다 느끼는 것이지만 혼자일 때 존재의 쓸쓸함은 처절합니다. 시월의 밤이 유독 쓸쓸해서인지도 모르겠습니다.

수많은 언어의 파편들을 주워 모아 의미 있는 글을 쓰기 위한 몸부림, 무엇인가 뭉클함을 주는 글을 쓰고 싶지만 키보드만 보면 아득해지고 먹먹합니다. 무엇을 얻고 무엇을 잃은 줄도 모르고 살아온 듯합니다. 지나온 시간, 목적 있는 삶을 살아온 것인지 밤이 새도록 고민해 보아도 여전히 모르겠습니다. 어둠이 떠오르는 햇살 한 줌에 소진해 버리듯 밤새 그렇게 토해낸 진실한 언어, 치열하게 살아내는 생의 몸부림을 글

몇 줄로 변명하기는 참으로 힘이 든다는 것을 글을 쓸수록 느낍니다. 가면과 헛된 욕망을 삭제 버튼 하나로 없앨 수 있다면 한 겹 한 겹 진실로 쌓아가는 글을 쓸 수 있을 것 같습니다. 인고의 경험으로 쌓아 올린 성실의 글을 쓸 수 있을 것 같은데 아직은 멀기만 합니다. 그럼에도 성실하게 꾸준히 써나갈 것입니다.

비릿한 바다향을 맡으며 삶에 지친 육신을 달래고, 헝클어진 과거를 바다에 훌훌 털어내기 위해 맛보지 않은 술도 한잔 하렵니다. 하늘의 별을 보며 당신을 생각하는 사이에 어둠이 동해바다에 풍덩 빠졌습니다. 한낮에 밀어를 나누던 괭이갈매기도 쉴 곳을 찾아 날아갑니다. 바다 건너 따스한 불빛들이 하나둘 켜진 집에서는 사람 냄새가 납니다. 따뜻하게, 환하게, 편하게 이곳까지 느껴집니다. 이제 나도 쉴 곳을 찾아 잠을 청하렵니다. 오늘은 더 편하게 깊은 잠을 잘 수 있을 것 같습니다.

[나를 꼭 잊고 싶다면]

나를 꼭 잊고 싶다면
조금씩 지워가며 잊어주시기를.

나를 꼭 지우고 싶다면
한꺼번에 삭제 버튼을 누르지 마시고
당신을 흔들어놓았던 메일을 한 줄씩 지워 가시기를.

바라옵건대,
조금씩 천천히 지워 가시기를.

그저 당신에게 용서를 구할 것이 있다면
허락받지 않고 당신을 사랑한 죄밖에 없으니,

가끔씩 당신이 그리우면
당신에 대한 기억 몇 자락만이라도 몰래 끄집어내어
혼자만이라도 웃고 또 울며 추억할 수 있게
새털만큼 가벼운 흔적만이라도 남겨 두시기를.

나를 꼭 잊고 싶다면
조금씩 지워 가며 잊어주시기를.

혼자라서 혼자여서 혼자이기에

밤이 깊어 갑니다. 한계를 넘어설 정도로 가혹했던 것들이 떠났습니다. 모두가 집으로 돌아갔습니다. 모든 것이 높은 곳이 아니라 낮은 곳을 찾아 몸을 누입니다. 쓸쓸할 정도로 고요한 침묵만 남았습니다. 자연도 사람도 철저히 혼자가 되었습니다. 온전히 혼자가 되어 밤을 밝힙니다. 혼자라서 외롭지만 가장 순수한 민낯을 보게 됩니다. 가볍습니다. 편안합니다. 자유를 느낍니다. 민낯이라서. 혼자라서 혼자여서 혼자이기에 그렇습니다. 세상에서 가장 순순한 4살의 아이가 됩니다.

부칠 수 없는 편지

그리움부터 먼저 써 내려갑니다. 보이지 않는 그대를 생각하며, 만나지 못하는 그대를 생각하며 어설픈 하소연을 나열합니다. 그대와 함께한 시간, 기쁨과 슬픔 중에서, 사랑과 이별 중에서 가슴속에 맺힌 아픔만 하나둘씩 골라 써 내려갑니다. 그대 때문에 내가 아팠던 일들, 그대가 나 때문에 눈물 흘렸던 일들을 곱게 써 내려갑니다. '아프게 해서 미안합니다'라고요. '당신 때문에 너무 아픕니다'라고요. 그렇게 써 내려갑니다. 하지만 부칠 수가 없습니다. 그 이유는 당신과 나 더 이상 아프지 않기 위해서랍니다. 하지만 부치지 않아도, 읽지 않아도 마음과 마음끼리 언제나 읽어 내려가는, 당신과 나의 마음속 편지를 오늘도 이렇게 써 내려갑니다.

잊으려 하니 꽃이 피더이다

잊으라 했기에 당신을 잊으려
'시간아 흘러라 빨리 흘러라' 그랬지요.
겨울이 가고 봄이 오듯 흘러가면 잊힐 줄 알았지요.
그런데 시간마저 놓아 주지 않더이다.
사무치도록 그리워 가슴에 담은 당신 이름 세 글자
몰래 꺼내기도 전 눈물 먼저 흐르더이다.

당신 떠나고 간신 잊는 법,
용서하는 법을 배우기 시작했는데
다시 찾아온 계절은 누군가 몰래 맡기고 간
베르테르의 편지를 안겨주더이다.

당신을 사랑하던 봄
지운 줄 알았던 당신의 흔적
곳곳에 문신처럼 박혀 있더이다.
잊으라 해서 잊힐 줄 알았던 에로티시즘
다시 찾아온 봄과 함께 전신으로 번져 가더이다.

가늘게 떨리듯 호흡하는 목소리가
아직도 익숙한데
잊으려 하니 그제야 꽃이 피는데
나 어찌합니까.

그대 내 곁에 있어 준다면, 길 잃은 나에게, 길 가르쳐 주는 그대 내 곁에 있어 준다면, 내가 힘들 때 내가 아플 때 못내 그리운 그대가 단숨에 달려와 준다면, 나 빈 몸으로 떠난다 해도, 죽을 만큼 아파도, 그대 내 곁에 있어 준다면, 나 참 행복할 텐데.

If you are at my side, if you are besides me showing the way got lost, if you dear rush to me without stopping for breath when I am in difficulty or ill, even if I leave with empty hands, ill to death, if you are at my side, I, really will be happy.

나는 이별하는 법을 모르는데
이별하고 있다

초판 1쇄 인쇄 2019년 11월 11일
초판 1쇄 발행 2019년 11월 18일

지은이 | 김정한
펴낸이 | 임종관
펴낸곳 | 미래북
편　집 | 정광희
본문 디자인 | 디자인 [연:우]
등록 | 제 302-2003-000026호
본사 | 서울특별시 용산구 효창원로 64길 43-6 (효창동 4층)
영업부 | 경기도 고양시 덕양구 화정로 65 한화오벨리스크 1901호
전화 02)738-1227(대) | 팩스 02)738-1228
이메일 miraebook@hotmail.com

ISBN 979-11-88794-55-3 03800

값은 표지 뒷면에 표기되어 있습니다.
잘못된 책은 구입하신 서점에서 바꾸어 드립니다.

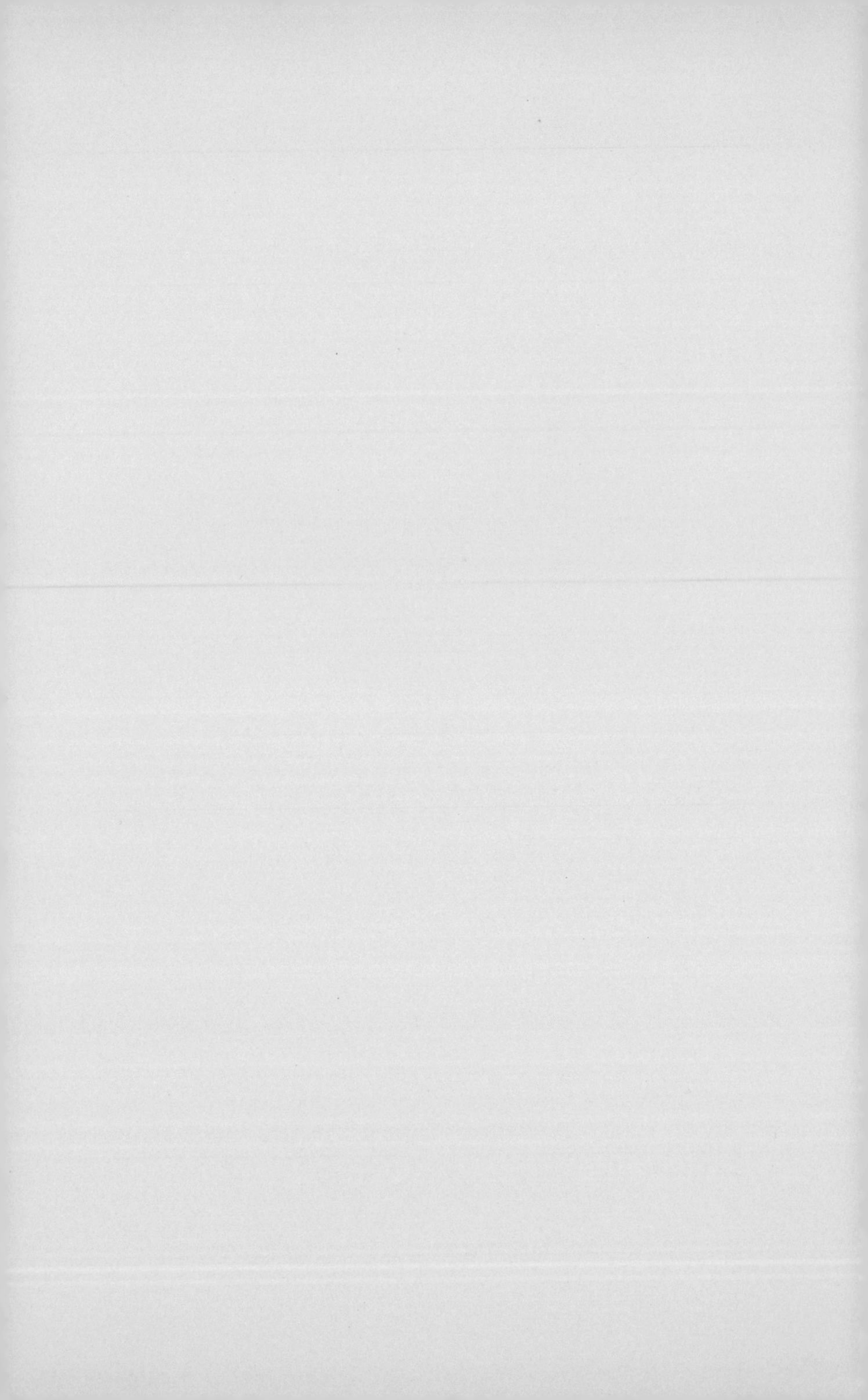